Name: Weiße Iris
Autor: Tilda Scott
Einführung:

Xuanyi kam im zweiten Jahr der Highschool von der Nanyi-Mittelschule in die Luft. Sie sieht sauber, weiß und zart aus, wie eine kleine und schöne weiße Iris.

Ruhig und brav, mit einem sehr geringen Präsenzgefühl.

Sie hat ein geringes Selbstwertgefühl und ist schüchtern, aber wenn er sie gut behandelt, schrumpft ihr Schildkrötenpanzer sofort.

Zhou Yubai war völlig anders als sie. Er war sehr beliebt, egal ob Männer oder Frauen, jeder mochte Zhou Yubai.

Aber Xu Wan war eine Ausnahme. Sie saß still in der Ecke, lernte und aß allein. Sie war immer allein.

Gelegentlich, wenn Zhou Yubai im strömenden Regen von der Schule nach Hause kam, sah er das kleine Mädchen allein in einer Ecke des Parks hocken und mit den Katzen und Hunden in der Nähe reden. Die Katzen und Hunde schienen zu verstehen, was sie sagte, und sie kamen alle rüber, um sich an ihr zu reiben.

Das kleine Mädchen lächelte glücklich, wie eine blühende Iris, zierlich und exquisit.

In diesem Moment bewegte sich Zhou Yubais Herz.

Er ging auf sie zu und fragte sie lächelnd: „Magst du kleine Tiere so sehr? "

Sie blickte zurück, ihre großen, wässrigen Augen

voller Ernst: „Sie sind meine guten Freunde."

„Kann ich dein Freund sein?" fragte er leise.

Später erfuhr Zhou Yubai, dass das Herz des kleinen Mädchens sehr zerbrechlich war und sie sich nach Liebe sehnte, sich aber nicht traute, ihr nahe zu kommen.

2.

Auf der Abschlussfeier am Lagerfeuer fragte jemand Zhou Yubai: „Yu Bai, was möchtest du machen?"

Es ist ein Mädchen, das in ihn verknallt ist.

„Doktor", sagte er ruhig.

„Wo wünschst du dir etwas?", fragte jemand sie.

Sie sagte ernst: „Ich möchte Staatsanwältin werden."

Unerwartet hörte das jemand.

3.

Viele Jahre später, bei einem Highschool-Treffen, verließ Xu Yuan eilig die Klinik und sah weiß, rein und süß aus.

Immer noch die gleiche saubere weiße Iris.

Niemand wollte zu ihm gehen, nur der „Wochenkommissar", der von der Menge umgeben war, ging zu ihr. „Es ist kalt draußen."

Sie hob den Blick, ihre wässrigen Augen sahen ihn mitleiderregend an, „Ayu, das Armband, das du für mich gekauft hast, ist verloren."

Er hielt ihre Hand und ging mit einem Lächeln auf

Gesicht und Augen auf die Menge zu. „Schon gut, mein Mann wird es für Sie kaufen. "

Alle starrten sie in fassungsloser Stille an und sahen mit reinen und unschuldigen Augen, wie die autistische kleine weiße Blume in den Händen des Auserwählten gehalten wurde.

„Vorstellung, meine Frau wünscht sich etwas. " Die tiefe und süße Stimme des Mannes ertönte, und Xiao Baihua lächelte süß. Sie blinzelte, sah alle an und sagte leise: „Hallo, ich wünsche mir etwas. "

[Eines Tages traf der einsame Zugvogel auf ihren Lebensraum und sie war endlich nicht mehr allein.]

Konzept: Liebe erfordert Mut.

Kapitel 1 Weiße Iris

Die Sonne war wie Feuer, die sengende Sonne hing hoch am Himmel wie ein Ofen, und das ganze Land war in sengende Hitze gehüllt.

Ein abgefallenes Blatt schwebte vor mir, eine dünne Scheibe wie Schweinebauch, von der Erde geröstet und brutzelnd, und ich wünschte, ich hätte den Duft von Fleisch gerochen.

Sie schluckte und berührte ihre Tasche.

Ihr Vater hinterließ ihr ein heruntergekommenes Portemonnaie ohne ursprüngliches Aussehen. Es reichte nur, um eine billige Mahlzeit mit Gemüse zu kaufen.

„Yuan Yuan, du wirst nicht gesund, wenn du jeden Tag Wintermelone isst. "

Der grauhaarige alte Mann hob den Blick und sah

das Mädchen vor sich und seufzte.

Sie war so dünn, dass sich ihre Handrücken dürr anfühlten.

Xuanyuan nahm die Tüte mit einem schwachen Lächeln im Gesicht. „Danke, Oma, Yuanyuan isst gerne Wintermelone. "

Sie schnappte sich die Plastiktüte und stand auf. Aufgrund der langen Unterernährung wurde ihr beim Aufstehen leicht schwindelig.

Die sengende Sonne schien auf ihren Körper und sie hatte das Gefühl, kalter Schweiß auszubrechen.

Der alte Mann blickte zu dem braven und vernünftigen kleinen Mädchen auf und seufzte erneut.

Sein Blick war auf die unverkauften Pilze auf dem Boden gerichtet.

Ohne nachzudenken, schnappte er sich eine Handvoll Pilze, suchte hastig ein paar grüne Gemüsesorten heraus und reichte sie ihr.

„Yuan Yuan, Pilze sind nahrhaft. Gehen Sie zurück und holen Sie sich grünes Gemüse, um die Pilze unter Rühren zu braten. Sie werden köstlich und gesund sein. "

Da ich so nah war, stieg mir der einzigartige Duft von Shiitake-Pilzen in die Nase. Mein Vater war schon lange nicht mehr zu Hause und es war nicht mehr viel Geld übrig.

Sie zögerte, Geld auszugeben, um sich etwas zu wünschen, aber sie holte trotzdem einen Fünf-Dollar-Schein aus ihrer Brieftasche und legte ihn sanft vor den alten Mann. „Oma, danke. "

Der alte Mann wedelte mit der Hand, hob das Geld auf und reichte es ihr: „Yuan Yuan, Oma hat nicht wenig Geld. Du kannst dieses Geld nehmen. "

Xu Yuan schüttelte den Kopf und wollte gerade etwas sagen, als der alte Junge in seiner Brieftasche plötzlich zitterte.

Sie öffnete ihr Handy, das weiß getragen wurde, und bestätigte die Nachricht.

Ein süßes Lächeln erschien auf ihrem schneeweißen Gesicht.

Sie hob den Blick und blickte den alten Mann an. Ihre sauberen Augen waren voller Aufrichtigkeit. „Oma, danke. Ich werde jetzt gehen und das nächste Mal wiederkommen. "

Nachdem er das gesagt hatte, hob er die Tasche auf und drehte sich um, um zu gehen. Der alte Mann blickte auf Xu Yus gehende Gestalt und seufzte leise.

Das arme Mädchen war seit ihrer Kindheit Waise und wurde schließlich von Xu Junsheng adoptiert. Doch nicht lange danach hatte Xu Junsheng einen Autounfall und sein Gehirn wurde noch schlimmer geschädigt.

Dieser Wunsch ist auch ein gutes Kind, das hart arbeitet und sich um seinen Adoptivvater kümmert. Als sie zehn Jahre alt war, baute sie einen Stand mit einem Gemüsekorb auf dem Rücken auf. Es gibt niemanden in dieser Stadt, der das nicht tut kennt sie, und wer hat kein Mitleid mit diesem guten Kind?

Es ist schade, dass Xu Junsheng vor vielen Tagen

verschwunden ist und es gibt überhaupt keine Neuigkeiten. Das arme Kind muss damit beschäftigt sein, zur Schule zu gehen und nach seinem Vater zu suchen. Die Nachbarn um sie herum beobachten, wie sie Tag für Tag abnimmt.

Allerdings handelt es sich bei keinem von ihnen um gebildete Menschen, sodass niemand helfen kann.

In diesen wohlhabenden Zeiten ist es schwer, sich eine Familie vorzustellen, die einen Monat lang kein Fleisch essen kann.

Als ich nach Hause kam, schaltete ich mein Telefon ein und wartete glücklich auf die Ankunft der Polizeikameraden.

Gerade eben schickte die Polizei, die für den Fall des Verschwindens ihres Vaters zuständig war, endlich eine Nachricht, dass es Neuigkeiten über ihren Vater gäbe.

Sobald ich nach Hause kam, stellte ich das Gemüse ab und stand wartend an der Tür des Hofes.

Sie war ein wenig nervös und ihr blasses Gesicht war voller Angst.

Es war ein heißer Tag und die Familie Xu hatte keine Klimaanlage. Xu Yuan schwitzte stark vor Hitze und Schweißperlen, so groß wie Perlen, rollten über ihre Wangen.

Ich weiß nicht warum, aber ich fühle mich ein wenig unwohl in meinem Herzen.

Sie war sehr nervös und rannte eilig zurück zum Haus, um die Holzpuppe zu holen, die sie seit ihrer

Kindheit mitgebracht hatte. Es war ein sorgfältig aus Holz geschnitzter Welpe, aus dem die Zunge herausragte.

Als Xu Wan jung war, wollte er immer einen eigenen Welpen haben, aber die Xu-Familie war zu arm, um das Thema anzusprechen, also konnten sie es sich natürlich nicht leisten, ein Leben zu führen.

Xu Junsheng ist dumm, aber zum Glück hat er ein gutes Handwerk. Er arbeitet als Zimmermann in einer Fabrik in der Stadt. Das Gehalt ist nicht hoch, sodass er seine Tochter kaum ernähren kann.

Xu Junsheng wusste, dass er einen Welpen großziehen wollte, aber die schwierige Familiensituation unterstützte die Verwirklichung des Traums seiner Tochter nicht.

Aber jedes Mal, wenn er nach Hause kam und den verlorenen Blick in den Augen seiner Tochter sah, war er so traurig, dass er weinen wollte. Der naive und dumme Mann konnte nur die Hand seiner Tochter ausstrecken und sie mit roten Augen halten: „Yuan Yuan, Don. " Sei nicht traurig... Papa... wird dir... den Hund geben.

Später ging Xu Junsheng oft früher und kam spät zurück. Er wünschte sich lange etwas, aß aber nie gut mit seinem Vater.

Eines Morgens wachte Xu

Sie lebt in einer Familie, die zu arm ist, um die Schuld auf sich zu nehmen, aber sie ist sehr glücklich und hat einen Vater, der sie liebt und für sie sorgt.

Ihr Vater mag in den Augen der Welt ein Narr sein, aber sie glaubt, dass sein Vater größer ist als alle anderen.

Liebe kann immer alles übertreffen.

NEIN?

Nicht lange danach erschienen zwei Polizisten, die für das Verschwinden von Xu Junsheng verantwortlich waren, an der Tür von Xus Haus.

Als Xu Wish den ganzen Weg zurücklegte, sah sie, wie zwei Menschen in Polizeiuniformen auf sie zuliefen, aber niemand war in ihrer Nähe und auch von ihrem Vater war nichts zu sehen.

Es gibt keinen Vater, der groß und dünn ist, ein albernes Lächeln hat und es liebt, alle möglichen handgefertigten Spielzeuge für sie herzustellen.

Das Unbehagen in ihrem Herzen wurde immer größer und ihre Hand, die die Holzpuppe hielt, konnte nicht anders, als sich zu verengen.

„Wünsch dir was, Onkel, ich habe hier zwei Neuigkeiten. "

Der Mann mittleren Alters namens Chen Anmin sagte mit freundlicher Stimme zu ihr:

„Eine gute Nachricht, eine schlechte Nachricht, oder? " Xu wünschte blinzelte.

Ihr Herz fühlte sich unerklärlicherweise bitter an und ihr Hals tat weh. Sie schluckte und sah die beiden Polizisten vor ihr mit roten Augen an.

„Onkel Chen, sag es ihr einfach direkt. " sagte ein anderer Mann an der Seite.

Es war ein junger Mann mit heller Haut und einer großen und schlanken Figur. Ich hörte, dass dieser Polizist einen starken familiären Hintergrund hatte. Sobald er aus der Schule entlassen wurde, kam er nach Anyang, um Polizist zu werden.

„Wünsch dir was, dein Vater wurde gefunden. " sagte Chen Anmin.

„Aber ist das nicht eine gute Sache? "

Machen Sie einen Wunsch verwirrt.

„Ihr Vater wurde im Dorf Wuyuan nebenan gefunden. In diesem Dorf gab es eine Frau, die gerade gestorben war. Die Autopsie ergab, dass die Frau schwanger war. Ihr Vater wurde in der leeren Schule in diesem Dorf gefunden. Als er gefunden wurde, „Der Vater hielt immer noch das Mobiltelefon der Frau in der Hand, das mit Blut befleckt war, und seine Beine zitterten. "

Handy......

Xu Wish erinnerte sich an diesen Tag, dass alle ihre Klassenkameraden kürzlich Smartphones benutzt hatten, die man nicht umdrehen oder drücken musste, indem man einfach mit der Hand darüber strich.

Zu dieser Zeit sprach sie gerade mit ihrem Vater über den Fortschritt der Technologie in der Welt. Wer wusste, dass ihr Vater nicht lange danach verschwand.

„Was hat das mit meinem Vater zu tun? "

Xu Wans schlanker Körper zitterte ständig. Sie

hatte es eilig, nach Hause zu gehen, und eine Haarsträhne klebte leicht an ihrer Wange, aber das war ihr egal.

„Dein Vater hat zugegeben, dass er ihn getötet hat."

Mein Kopf wird leer.

Xuanyuan öffnete den Mund und wollte etwas sagen, aber sie wusste nicht, wie man spricht.

Ihr Vater wagte es nicht einmal, ein Huhn zu töten. Wie konnte er jemanden töten?

Wahrscheinlich weil er den verzweifelten Blick des kleinen Mädchens nicht ertragen konnte, konnte Chen Anmin nicht anders, als eine Zigarette aus seiner Tasche zu ziehen. Er hielt die Zigarette zwischen seinen schlanken Fingern, runzelte die Stirn, wünschte sich etwas und sagte leise: „ Onkel, nimm eine Zigarette.

Im Rauch blickte Chen Anmin das verwirrte Mädchen an und fühlte sich in seinem Herzen deprimiert.

Hier geht es darum, einen Fall zu lösen. Er weiß auch, was für ein Mensch Xu Junsheng ist, der mitten im Winter Kohlköpfe ins Waisenhaus trägt kalt. .

Wie konnte er jemanden töten?

Wenn man es nicht glaubt, wenn man sich etwas wünscht, dann glaubt Chen Anmin es auch nicht.

Dies wurde jedoch von Xu Junsheng selbst zugegeben.

„Aber hier gibt es noch Neuigkeiten. Deine

leiblichen Eltern wurden gefunden."

Der junge Mann, der bisher geschwiegen hatte, sprach.

„Biologisch···" Xu Yuan hob ungläubig den Kopf, „Eltern?"

„Nun, die Xu-Familie in Peking."

An diesem Tag änderten sich die Dinge. Ihr Vater wurde eingesperrt und Xu Yuan wurde in das Haus seiner leiblichen Eltern zurückgebracht.

Sie glaubte nicht, dass ihr Vater jemanden töten würde, aber Officer Xiao Zhou lächelte und sagte: „In Ihrem gegenwärtigen Status sind Sie eine Waise in Armut, ein Gymnasiast, der nicht genug hat." Sind Sie der Meinung, dass Sie Ihren Vater retten können? Wissen Sie, um wie viele Personen es sich dabei handelt? Sie bleiben?"

Es waren diese Worte, die Xu Yuan die Realität bewusst machten.

Sie braucht eine Familie, die ihren Vater entlasten kann.

Und ihr leiblicher Vater ist der älteste Enkel der Familie Xu im Norden Pekings.

Er kann als respektabler Mensch angesehen werden. Kann er seinen Vater retten?

Mit solchen Fragen kehrte Xu Yuan zur Familie Xu zurück.

Ihr leiblicher Vater Xu Zhenhai ist sanftmütig und elegant und der CEO der Xu-Gruppe. Ihre Mutter ist sanftmütig, schön und großzügig und arbeitet hauptberuflich als Hausfrau.

Darüber hinaus haben Xu Zhenhai und Wen Rong einen Sohn und eine Tochter. Der älteste Sohn, Xu Hao, studiert derzeit an der Peking-Universität. Die älteste Tochter, Xu Ning, ist ein Jahr älter als Xu Yuan. Im Vergleich zur dünnen, kleinen und exquisiten Xu Yuan kann man sagen, dass Xu Ning Ning eine lebhafte Schönheit ist, mit praller Vorder- und Rückseite und langen Beinen. Sie kann ihre schöne Figur nicht verbergen.

Im Vergleich sieht Make-A-Wish wie ein Ghetto-Girl aus.

Das schäbige lange weiße Kleid war ein Kleid, das die Enkelin des Nachbarhauses der Großmutter nicht wollte. Obwohl ihre Beine gerade und schlank waren, sahen sie aufgrund der langjährigen Unterernährung wie Bambusstangen aus dass ihre Gesichtszüge hervorstechend waren, aber glücklicherweise waren ihre Gesichtszüge immer noch exquisit.

„Überall an ihrem Körper sind nur ihre Gesichtszüge zu sehen. " Das sagte ihre leibliche Mutter Wen Rong über sie.

„Das ist meine Schwester? " Xu Ning konnte es nicht glauben.

Sie runzelte die Stirn, verschränkte die Hände vor der Brust und ging umher und wünschte sich etwas.

Dieses Mädchen aus den Slums ist dünn und klein,

mit Brüsten, aber ohne Brüste, und einem Hintern, aber ihre Haut ist äußerst zart und weiß, wie ein geschältes Ei.

Diese schwarzen und großen Augen sahen aus wie ein ruhiger See, aber bei näherer Betrachtung konnte man immer noch die Vorsicht darin erkennen.

Es ist wie das Unkraut, das am Straßenrand zertrampelt wurde. Selbst wenn es vom Feuer verbrannt wird, wird es im kommenden Jahr immer noch stolz wachsen.

Xu Ning sagte „tsk ", stieg stolz auf Chanels neue Hausschuhe und setzte sich neben ihren Bruder.

Sie trat Xu Hao mit ihren neu gemachten zarten und schönen Zehen. „Bruder, das ist deine lange verlorene Schwester. Wie fühlt es sich an, jetzt zurück zu sein? "

Xu Hao lag achtlos auf dem Sofa, streckte seine langen Beine aus und blickte den Landmann verächtlich an: „Es fühlt sich ein bisschen seltsam an. "

„Was meinst du? " fragte Xu Ning mit einem Lächeln.

Die beiden Brüder und Schwestern wuchsen zusammen auf. Xu Ning verstand immer noch, was Xu Hao dachte, aber selbst wenn sie wusste, was Xu Hao sagen wollte, wollte Xu Ning es nur aus schlechtem Geschmack sagen . Das wilde Gras wächst wild.

Es ist seit so vielen Jahren verschollen, aber es lebt noch.

Was für ein glückliches Schicksal.

„Ich spüre einfach nichts. "

sagte Xu Hao leichthin.

Nachdem er das gesagt hatte, blickte er seine arme Schwester noch einmal an, nur um zu sehen, dass das Mädchen nicht mit den Augen blinzelte, sondern einfach nur still dastand.

„Tch, das ist wirklich langweilig. "

Im Nu verspürte der älteste junge Meister gemischte Gefühle in seinem Herzen.

Plötzlich ertönte ein Geräusch an der Tür. Es schien, als käme gerade eine Gruppe Jungen von draußen zurück und unterhielt sich über etwas.

„Ich sagte Yu Bai, wirst du heute Abend Ball spielen? " Die Person, die das sagte, hatte eine ungewöhnlich laute Stimme und ein arrogantes und mutwilliges Lächeln und sah eine Gruppe von Menschen in Kleidung gingen vor der Tür der Villa vorbei.

Der führende Junge war der Größte, die Hände in den Hosentaschen, und die Sonne schien auf ihn, wodurch sein braunes Haar noch schöner wurde. Xuanyuan konnte sein Gesicht nur leicht erkennen und schönes Profil.

„Nein, ich gehe abends zum Lesen nach Hause. " Xu Yuan hörte eine klare und angenehme Stimme.

„Was liest du? " fragte der Junge mit der lauten Stimme noch einmal.

„Vier Lieben." Die träge Stimme des jungen Mannes ertönte und Xu Yuan war für einen Moment schockiert.

„Es ist langweilig, es ist langweilig. Ich kann nicht einmal die Bücher verstehen, die die Top-Akademiker lesen."

Eine scherzhafte Stimme ertönte und Xu Wishongs Augen konnten nicht anders, als zu blinzeln.

Vielleicht weil ihr Blick zu intensiv war, blickte der Hauptdarsteller in ihre Richtung.

Plötzlich traf ein Duftstoß ihre Nasenspitze, und Xu Nings große und schlanke Gestalt ging an ihr vorbei und stürzte heraus, wodurch sie fast fiel.

„Yu Bai, Yu Bai, warte auf mich."

Überraschung zeigte sich auf ihrem Gesicht und sie rannte wie ein Windstoß nach draußen.

In diesem Moment trafen Xu Yuans Augen auf den jungen Mann, der den Mond vor der Tür hielt.

Kapitel 2 Weiße Iris

Der September ist die perfekte Zeit für den Herbst, die Hitze ist unerträglich und die Sonne scheint wie ein Feuerball direkt auf die Erde.

Alle Augen sind auf Xu Ning gerichtet, die bezaubernde Schulschönheit der Nanyi High School, und niemand möchte den Blick von ihr abwenden.

Aber nur diese Person, der junge Mann namens Yu Bai, sah Xu Yuan ruhig an.

Dies ist ein sehr hübscher junger Mann mit einer großen und charmanten Figur und einem sanften

Temperament. Auch wenn er eine blaue Schuluniform trägt, kann er seine Würde nicht verbergen. Er ist wie ein Model, das aus dem Fenster geht. Beobachten Sie ihn weiter.

Der hübscheste Mann, den Xu Yuan je gesehen hat, ist der junge Polizist Zhou Shu. Sie haben das gleiche sanfte und elegante Temperament, aber der junge Mann vor ihm, Xu Yuan, findet, dass er besser aussieht.

Ein hübsches Gesicht, zarte Augenbrauen, eine hohe Nase und lange Beine, die selbst eine Schuluniform nicht bedecken kann.

Jugendlichkeit und Schönheit existieren nebeneinander.

Es ist schwer, den Blick abzuwenden.

Nachdem ich mir etwas gewünscht hatte, verstand ich, wieso Xu Ning, der so arrogant war, bereit war, verrückt nach ihm zu werden.

Doch in der nächsten Sekunde schaute Xu Yuan weg.

Sie senkte den Kopf und spielte mit ihren Fingern, isoliert von der Hektik des Hofes. Solch ein Frauenschwarm mit blendendem Licht am ganzen Körper war so weit von ihr entfernt, dass sie nicht einmal mehr hinsehen wollte.

Zhou Yubai sah, wie das Mädchen den Kopf senkte, die Lippen schürzte und wegschaute.

Ein schöner junger Mann mit dichtem braunem Haar, das wie Kastanien im Spätherbst aussieht und seinem Gesicht einen trägen Ausdruck verleiht.

Er sah sehr gut aus und Xu Ning war immer in seiner Nähe, stellte Fragen und lud sogar alle ein, sich einen Film anzusehen.

Xu Ning hatte immer eine gute Persönlichkeit und kam mit diesen reichen Kindern wie ein Kumpel klar.

Aber jeder mit einem anspruchsvollen Auge kann erkennen, dass sie Zhou Yubai mag.

Aber diese Hochgebirgsblume ist nicht so einfach zu pflücken.

Zhou Yubai warf Xu Ning nicht einmal einen genauen Blick zu.

„Yu Bai, was guckst du? " fragte Chen Chi, der Junge mit der lauten Stimme.

Eigentlich sieht er ziemlich gut aus, mit heller Haut und einer beliebten koreanischen Frisur, mit Pony, der seine Augen kaum bedeckt. Allerdings hat dieser Mann nichts anderes zu tun als zu essen, also ist er von Natur aus groß und stark.

„Du siehst doch nicht dieses dünne kleine Mädchen an, oder? Das Mädchen ist so dünn wie eine Bambusstange ", sagte eine andere Person neben ihm.

„Xu Ning, ist das dein Verwandter? " fragte Chen Chi.

Xu Ning war ein wenig verlegen. Sie wollte nicht zugeben, dass Xu Wan ihre Schwester war. Sie konnte nur ein süßes Lächeln zeigen und nickte: „Ja, eine Verwandte vom Land. "

„Es ist wirklich langweilig. Er ist so dünn wie eine

Bambusstange. "

„Du bist der Einzige, der Spaß daran hat, acht Mahlzeiten am Tag zu essen. " Zhou Yubai runzelte die Stirn und sah Chen Chi an.

Chen Chi hatte noch nie erlebt, dass Zhou Yubai ihn so ansah. Er schnalzte mit der Zunge und tat so, als würde er lächeln: „Es ist nicht interessant, es ist auch nicht interessant. Was auch immer Sie für interessant halten, ist interessant. "

„Ein Mädchen aus einer armen Familie wird von Natur aus abnehmen, wenn sie nicht genug Fleisch isst. "

Der junge Mann, der das sagte, war sonnig und gutaussehend. Sein Name war Liang Yi und er war auch ein Top-Schüler.

Zhou Yubai hielt inne, nachdem er das gehört hatte. Er dachte bei sich: Dieses Mädchen ist wirklich dünn, aber sie hat wunderschöne Augen, genau wie die Perserkatze, die er einst großgezogen hat.

Persische Katze.

Als der junge Mann darüber nachdachte, konnte er nicht anders, als die Mundwinkel leicht zu heben. Es sah wirklich aus wie eine Perserkatze, aber es sah aus wie eine verlorene, einsame und einsame Perserkatze.

„Yu Bai, Xu Ning ist hier, lass uns später gemeinsam einen Film schauen? " rief jemand in der Menge.

Das Geräusch war so laut, dass Xu Wish es hören konnte, doch bevor sie die Antwort des Jungen hören konnte, rief ihre Mutter sie in den Hinterhof, um die Blumen zu gießen.

Bevor sie ging, hörte sie ihren arroganten Bruder leise schnauben: „Ein Mädchen vom Land kann nur Blumen gießen. "

Xu Yuan ignorierte ihn und folgte ihrer Mutter in den Hinterhof.

Der Hinterhof ist sehr groß, mit üppig grünen Blättern und bunten Blumen, die ineinander verschlungen sind, was ihn friedlich und schön macht.

Das Wetter war heiß und Wen Rong kam von Zeit zu Zeit vorbei, um sich persönlich um den Garten zu kümmern. Sie reichte Xu Wan einen Wasserkocher und ging allein mit der Schere in die andere Richtung.

„Yuan Yuan, ich erinnere mich, dass Ihr Spitzname Yuan Yuan ist. Wurde Ihnen dieser Name von Ihrem Adoptivvater gegeben? "

Wen Rong hockte auf dem Boden und schnitt die Zweige einer Rose. Ihre Stimme war sanft und ihr Körper war erfüllt von einem angenehmen Duft.

Obwohl dies seine leibliche Mutter ist, ist Xuanyuan immer noch etwas zurückhaltend, wenn es darum geht, mit ihr allein zu sein.

Sie nickte, bückte sich und sprenkelte Wasser auf die weißen Schwertlilien vor ihr. „Ja, als mein Vater mich früher sah, brachte er Papierdrachen zum Waisenhaus, um mit den Kindern zu spielen. Mein Vater ist ein sehr freundlicher Mann. " . Er hat es immer selbst gemacht, um es den Kindern zu geben. "

Die Stimme des Mädchens ist sanft und hat eine Romantik, die einzigartig für ein kleines Mädchen ist. Wenn sie über ihren Vater spricht, wünscht sie sich unbeschreibliches Glück auf ihrem Gesicht.

Wen Rong, der Äste beschnitt, erstarrte in seinen Bewegungen.

Den Rest der Zeit stellte sie keine Fragen mehr. Die beiden, einer groß und einer klein, hockten im Garten und kümmerten sich um die Blumenbeete, aber Wen Rongs Gesicht blieb ausdruckslos. und sie wusste nicht, was sie dachte.

Die Abendbrise wehte mir ins Gesicht, und nach dem Abendessen saß ich allein im Garten, die Hände am Kinn, und blickte in den Himmel.

Der Abendwind im September war etwas warm, aber nicht mehr so heiß wie in den Sommerferien.

Xu Wan saß einfach auf dem kleinen Holzstuhl und dachte plötzlich an den Jungen, den sie am Nachmittag kennengelernt hatte. Es war so heiß, aber als sie ihn sah, fühlte sie sich extrem kühl.

Vielleicht ist das der Duft der Jugend.

Nach dem Schulwechsel wusste sie nicht, was für ein High-School-Leben sie erwartete.

Xuanyuan seufzte schwer.

Obwohl sie gerade erst aus einem armen Landkreis in eine so wohlhabende Stadt gekommen war, fühlte sie sich nur trostlos und einsam.

Sie hatte ein Zuhause, fühlte sich aber dennoch obdachlos.

Geht es ihrem Vater gut? Xu Wan dachte, dass sie ihren Vater in ein paar Tagen gerne besuchen würde.

Dieser große, dumme Mann hat so viele Jahre lang die Last einer Familie auf sich genommen, weil er sich etwas gewünscht hat. Er ist in seinen Dreißigern und noch nicht verheiratet, also scheint es, dass das Wünschen zu seinem Problem geworden ist.

Obwohl Xu Junsheng verblüfft war, war er im Leben groß und gutaussehend. Einige Frauen verliebten sich oft in sein herausragendes Aussehen. Es gab auch einen Heiratsvermittler in der Stadt, der Xu Junsheng einem Blind Date vorstellte, aber nachdem sie davon gehört hatten Als Kind blieben sie stehen und wussten es.

Xu Wish wusste immer, dass sie diejenige war, die ihren Vater aufhielt.

Und jetzt ist mein Vater ohne ersichtlichen Grund im Gefängnis.

Sie glaubte nicht, dass ihr Vater ein Verbrechen begehen würde. Selbst wenn sein Gehirn geschädigt war, war er nach so vielen Jahren immer noch freundlich.

Weil seine Seele rein und rein ist.

Wünsch dir etwas und glaube fest daran, dass dein Vater kein Verbrechen begehen wird.

Als sie so dachte, fühlte sie sich deprimiert, als sie in zwei Tagen zur Schule ging. Sie fand einen Vorwand, um Schreibwaren zu kaufen, und ging hinaus.

Xu Ning kam nicht zum Abendessen zurück, daher verlief das Essen eine Weile ruhig.

Ziellos durch die Straßen wandern.

Viele wohlhabende Menschen lassen sich gerne hier in der Jiangnan Water Town in der Stadt Nanyi nieder und schicken sogar ihre Kinder hier zur Schule.

Mein leiblicher Vater, die Familie Xu, zog wegen der hervorragenden Menschen hier aus dem Norden Pekings nach Nanyi.

Hier gibt es viele große Chefs, und der Anführer des Unternehmens ist immer noch die Familie Beijing Zhou, eine Familie mit einem äußerst reichen Familienerbe.

Zehn Xu-Familien konnten es nicht schaffen.

Das sagte Xu Zhenhai während des Abendessens zu Xu Zhenhai.

Xu Zhenhai sagte auch, dass es großartig wäre, wenn Xu Ning in die Familie Zhou einheiraten könnte.

Wen Rong fragte beiläufig: „Wie wäre es mit einem Wunsch? "

„Wenn du dir etwas wünschst, selbst wenn du es der Familie Zhou als Kindermädchen schickst, werde ich es nicht akzeptieren ", sagte Xu Hao langsam und schnitt sich ein Stück Steak in den Mund.

Er hat offensichtlich ein menschliches Aussehen und seine Bewegungen sind sehr anmutig, aber er hat einfach einen schlechten Mund.

Sobald er zu Ende gesprochen hatte, herrschte

Stille im Raum.

Xu und seine Frau halfen Xu Yuan nicht beim Sprechen, sie senkten einfach den Kopf und hörten auf zu reden.

Xu Yuan dachte, vielleicht dachten sie genauso und wollten nicht, dass Xu Yuan als Kindermädchen zur Familie Zhou geschickt wurde.

Als Xu Yuan an einem Supermarkt vorbeikam, roch sie den Duft der Oden-Küche. Sie aß gerade nicht viel zum Abendessen und war jetzt ein wenig hungrig.

Ohne nachzudenken ging sie auf den Supermarkt zu.

Ich nahm eine Flasche Milch und eine Tüte Sandwiches aus dem Regal, wünschte mir etwas und ging zur Kasse, um zu bezahlen.

Die Geldscheinklammer, die er benutzte, war immer noch in Fetzen und sein ursprüngliches Aussehen war nicht zu sehen.

Nur sind dieses Mal noch ein paar rote Scheine drin, die Wen Rong ihm gegeben hat, als er zum ersten Mal zu Xus Haus kam.

Als das Mädchen an der Kasse sah, dass die Brieftasche dieses kleinen Mädchens scheinbar aufgebraucht war, konnte es es nicht ertragen und sagte lächelnd zu ihr: „Kaufe eine, bekomme eine gratis auf diese Flasche Milch, und du kannst eine weitere Flasche bekommen. " da drüben."

Xuanyuan dankte ihm, drehte sich dann um und nahm eine Flasche vom Regal.

Nachdem sie bezahlt hatte, nahm sie ihre Sachen, suchte sich einen freien Platz und setzte sich.

Von ihrem Platz aus konnte sie die Landschaft draußen sehen.

Nanyi ist nachts hell erleuchtet, an der Straßenecke läuft ein Mann herum, der Gitarre spielt und beliebte Lieder aus dem letzten Jahrhundert singt, und ab und zu schaut er zu ist ein Applausstoß.

Es war äußerst lebhaft, in scharfem Kontrast zu ihrem Alleinsein, und es war so laut, dass es schien, als wäre sie nicht in derselben Welt.

Xu Yuan warf einen Blick darauf, dann senkte er den Kopf und öffnete das Sandwich.

Das Sandwich war köstlich und gefiel ihr besser als das westliche Essen auf dem Esstisch der Familie Xu.

Tatsächlich hätte sie lieber einen Teller mit gebratenem Gemüse und Pilzen sowie etwas Wintermelonen- und Schweinerippchensuppe. Sie wäre zufrieden, wenn sie ihre gehackten Lieblingsgrünzwiebeln über die Schweinerippchensuppe streuen würde.

Ich weiß nicht, wann dieser Wunsch in Erfüllung geht.

Xuyuan biss in das Sandwich und merkte, dass sie wirklich hungrig war. Sie kaute ein paar Bissen und schluckte es dann noch einmal. Ihre Wangen waren voll und es war offensichtlich, dass sie sehr zufrieden war.

Als sie fast mit einem Sandwich fertig war,

bemerkte Xu Yuan plötzlich ein Taubheitsgefühl auf ihrem Kopf und ein schwacher Blick fiel auf sie.

Sie hob hastig den Kopf und wurde von einem Paar klarer und schöner Augen überrascht. Der Mann hatte dichtes, träges braunes kurzes Haar, zarte Gesichtszüge und war genauso schön wie das Model im Fenster.

Er steckte die Hände in die Taschen und sah sie an.

Nach einer langen Weile lächelte er leicht und sagte: „Es sieht aus wie ein Hamster, der wieder gut gegessen hat. Es ist ziemlich süß. "

Durch die Glasscheibe hörte Xu Yuan seine Worte nicht. Sie schluckte den letzten Bissen des Sandwichs ausdruckslos herunter und sah ihn mit großen Augen an.

Dies war heute das zweite Mal, dass Xu Yuan Zhou Yubai traf, und er erfuhr sogar seinen Nachnamen von Xu Zhenhai.

Zhou Yubai, der einzige Sohn der Familie Zhou, der Erbe des Mondes.

Mit einem Wunsch verließ die Familie Xu ein Kind, eine Waise, die niemand wollte, aber schließlich wollte jemand es und ging sogar ins Gefängnis.

Es scheint ein Himmel und eine Erde zu sein.

Xu Wish warf einen Blick darauf, dann öffnete er eine Flasche Milch, trank sie und blinzelte den jungen Mann an, der da stand und trank.

„Yu Bai. "

Nicht lange danach erklang eine Gruppe lärmender Stimmen aus der Nähe.

Xu Wan sah, wie Xu Ning umgeben von

Oberstufenschülern auf Zhou Yubai zuging.

Zhou Yubai drehte sich um und sah, wie Xu Ning ihm eine Tasse Milchtee reichte. Er warf einen Blick darauf, nahm sie nicht und sagte leise: „Danke, aber ich trinke keinen Milchtee. Geben Sie sie Chen Chi. " "

Auch Chen Chi war ein hirnloser Mensch. Er nahm Xu Ning lächelnd den Milchtee aus der Hand und sagte laut: „Dann möchte ich unserer Miss Xu danken. "

Xu Ning war auch ein zimperliches Mädchen, und sie sah sofort ein wenig unglücklich aus. Liang Yi war ein anspruchsvoller Mann, also beruhigte er schnell: „Chen Chi hat gerade etwas getrunken. Wenn du noch mehr trinkst, wirst du es nicht schaffen. " um heute Nacht zu schlafen.

Zhou Yubai hielt einen Moment inne, dann nahm Xu Ning den Milchtee, der noch warm war, und hob leicht die Mundwinkel , "Dann vielen Dank."

„Yu Bai, möchtest du einen Film sehen? "

Als Xu Ning sah, wie Zhou Yubai den Milchtee trank, konnte sie nicht anders, als vor Freude zu springen und ging hastig vor ihn her. Sie blickte zu dem scharfen Kinn des Mannes auf und ihr Herz schlug wie Donner.

Zhou Yubai ist anders als andere Jungen. Bei dieser Art von Sauberkeit geht es nicht um das Aussehen, sondern um die innere Reinheit. „Zhou Yubai ist wie ein Kinderspiel. Man weiß nicht, woher er kommt. " „Geh, er ist sanft, aber auch geheimnisvoll. Er hat keine schlechten Angewohnheiten. Er liebt das Lesen und

Sport. Er ist einfach der perfekte Freund. Ihr solltet also alle fleißig lernen, damit ihr eine Chance auf das College habt. Ansonsten , du wirst nicht einmal die Chance haben, mit anderen auszukommen.

Xu Ning dachte darüber nach und gestand es ihm, als sie die High School abschloss.

Als sie darüber nachdachte, blickte sie den jungen Mann mit dunklen Augen an.

„Ihr geht zuerst zurück, ich habe noch etwas zu tun. " Zhou Yubai lächelte und ging mit Milchtee zum Supermarkt.

Xu Ning wollte immer noch etwas sagen, aber als sie sich umdrehte, sah sie Xu Yuan in einem Supermarkt sitzen, Milchtee in der Hand, ihre runden Augen schauten sie neugierig an kein Existenzgefühl.

Ist das ihre Schwester? Sie kann es immer noch nicht akzeptieren. Das Tempo, dem sie folgen wollte, hörte abrupt auf. Sie wollte nicht mit diesem Trottel zusammen sein.

Chen Chi und die anderen sahen Xu Ning eine Weile fassungslos und es war ihnen egal, also spielten sie natürlich weiter Basketball. Da Xu Ning jedoch da war, fragte Chen Chi Miss, lass uns zusammen Basketball spielen und unsere Nanyi High School unterstützen. "

Zuerst war es nur ein beiläufiger Kommentar, aber unerwartet nickte Xu Ning und stimmte zu.

Nachdem sie ein paar Schritte gegangen war, zuckten Xu Nings Augenlider, als sie an Zhou Yubais

Blick während des Tages dachte, sie blieb stehen und drehte sich um.

Zu diesem Zeitpunkt wählte Zhou Yubai in den Regalen aus. Seine große Figur und sein sanftes Temperament passten nicht zu seiner Umgebung.

Sie fragte, wie Zhou Yubai darauf achten könne, Wünsche zu äußern.

Wie passen Sie zu diesem Landsmann? Sie wollte den Wunsch gar nicht erst anschauen.

Anstatt diesen Trottel zu treffen, würde sie lieber einer Gruppe gutaussehender Männer beim Basketballspielen zusehen. Als Xu Ning daran dachte, warf sie ihre langen schwarzen Haare hoch und folgte den Jungs.

Am Abend aß eine Gruppe ausgelassen in einem Grillrestaurant. Er aß zwar nicht viel, war aber auch nicht hungrig.

Nachdem er einen Kreis auf den Kühlregalen ausgewählt hatte, richtete sich sein Blick plötzlich auf das Sandwich. Als er darüber nachdachte, wie Miss „Persian Cat " es aß, verspürte er plötzlich Hunger.

Zhou Yubai war schon immer ein ruhiger und selbstbeherrschter Mensch, der nach dem Abendessen nichts anderes aß, aber heute Abend machte er eine Ausnahme und kaufte ein Sandwich.

Nachdem er die Rechnung bezahlt hatte, kam der junge Mann mit einem Sandwich und Milchtee in den Essbereich. Er schaute sich um und stellte fest, dass alle Plätze besetzt waren. Er hob die Augenbrauen und ging auf sie zu mit dem Sandwich.

Der Junge ist sehr gutaussehend, so gutaussehend, dass er aussieht, als wäre er einem Comic entsprungen.

Plötzlich verstummte der Supermarkt, der gerade laut war.

Xuyuan wischte sich den Mund ab und bemerkte die seltsame Atmosphäre. Sie blickte schnell zurück und sah den jungen Mann in Schuluniform neben ihr stehen und ihr eine Tasse Milchtee reichen. „Möchten Sie Milchtee?"

Xu Wans Gedanken wurden leer, sein Mund öffnete sich leicht und er schüttelte verwirrt den Kopf. „Ich bin satt, also werde ich nicht trinken."

Zhou Yubai:......

Aber nach einer Weile nahm Xu Yuan nebenbei die „Kaufe-eins-bekomm-eine-Gratis-Milch", reichte sie ihm und fragte ihn vorsichtig: „Möchten Sie Milch? Kaufen Sie eine, bekommen Sie eine gratis."

Kapitel 3 Weiße Iris

"Danke."

Zhou Yubai nahm die Milch und setzte sich neben sie. Der Junge hatte lange Beine und seine geraden und schlanken Beine konnten nur einen Fuß auf den hohen Hocker stellen und den anderen auf den Boden stützen.

Bei Wünschen hingegen können die schlanken Waden frei schwingen.

Da sie so nah war, wünschte sie, sie könnte den schwachen Duft des jungen Mannes riechen. Sie schürzte die Lippen und ballte die Milch in ihrer Hand.

Beide waren ruhige Menschen, und die Atmosphäre wurde plötzlich wieder still. Xuanyuan trank die Milch nach und nach aus, ohne einen Tropfen zu hinterlassen, holte ein Taschentuch heraus und wischte die Rückstände auf dem Tisch weg.

Als ich aufstand, stellte ich fest, dass der Junge neben mir ein quadratisches Mobiltelefon in der Hand hielt, es aufmerksam betrachtete und gelegentlich mit den Fingern darüber strich.

Doppelseitiger Glaskörper, Metallrahmen, exquisit und schön.

Das war das erste Mal, dass Xu Yuan ein Smartphone aus so geringer Entfernung sah, und sie war ein wenig schockiert über die Technologie.

Aber innerhalb eines Augenblicks schaute sie weg.

Sie erinnerte sich, dass der Beamte Zhou, als er erwischt wurde, das Telefon festhielt und sich weigerte, es loszulassen mit roten Augen und schrie ständig „Drachen, Drachen…"

Auch wenn er diese Szene nicht sah, schien Xu Wan die Verzweiflung und Hilflosigkeit des Mannes spüren zu können.

Ihr Blick war auf das exquisite Smartphone gerichtet und ihr Atem wurde schnell. Sie öffnete verzweifelt den Mund und biss sich mit roten Augen auf die Lippe.

Sie erinnerte sich an jene Nacht, als der Vater und

die Tochter eine kleine Bank umstellten und an der Tür saßen und zum Mond hinaufschauten. In dieser Nacht stand der helle Mond hoch und die Brise war leicht warm. Sie hielt sehnsüchtig die Hand ihres Vaters und erzählte von den Veränderungen dieser Ära: „Papa, jetzt ist die Ära der Smartphones. " Mehrere Klassenkameraden in unserer Klasse haben heimlich ihre Mobiltelefone mitgebracht. Sie verstecken sich oft auf der Toilette und nutzen diese zum Anschauen Was Romane betrifft, ist der Bildschirm dieses Mobiltelefons so klar und so groß, dass man die Nachrichten immer noch lesen kann, indem man mit der Hand darüber wischt. "

Damals blickte mein Vater auf den hellen Mond, lächelte ausdruckslos und sagte: „Ruan Yuan ··· es lohnt sich. "

Sie hob den Kopf, blinzelte mit den Augen und fragte ihren Vater: „Papa, was ist das wert? "

Ihr Vater sagte es ihr nicht, sondern nahm den hölzernen Welpen, legte ihn in ihre Arme, umarmte sie und sagte: „Er ist für Yuanyuan. "

Seit Xu Junsheng einen Autounfall hatte, war seine Rede etwas verwirrend. Xu Yuan konnte die Worte ihres Vaters nicht verstehen, aber sie konnte die selbstlose Liebe seines Vaters für sie spüren.

„Nein, nein ", murmelte sie leise.

Ihr Vater war freundlich und einfach und würde nie davon profitieren, andere zu verletzen.

Doch gleichzeitig fing sie an, sich damals über sich selbst zu beschweren, warum sie ihr Smartphone bei sich tragen musste.

Warum bist du so gierig und willst ein Smartphone?

„Warum···", sagte sie stumm.

Warum bist du so gierig?

Ihre Atmung war gestört und ihr Herz krampfte sich zusammen, sodass sie vor Trauer nur noch stumm auf die Lippen beißen konnte.

Zhou Yubai nahm einen Schluck Milch, wischte wahllos sein Handy durch und blätterte in den letzten Forenbeiträgen. Nachdem er eine Weile gelesen hatte, wurde er von einem seltsamen Titel angezogen: „Um an ein Mobiltelefon zu gelangen, beschloss ein Mann, jemanden zu töten. " Was sich dahinter verbirgt, ist die menschliche Natur. „Ob Verlust oder Armut Ärger bringen, lasst uns gemeinsam darauf achten ··· "

Dies gaben Angehörige der Verstorbenen bekannt und sagten, dass eine ihrer Schwestern kürzlich schwanger war, aber kürzlich brutal ermordet wurde und der Mörder ihr nur das neueste iPhone stehlen wollte.

Zhou Yubai runzelte die Stirn, nachdem er es gelesen hatte, und begann mit seinen langen und starken Fingern zu tippen: „Ist der Fall abgeschlossen? Können Sie zu dem Schluss kommen, dass eine Person einen Mord begangen hat, ohne dass Beweise vorliegen? "

Der Whistleblower antwortete: „Der Fall ist fast abgeschlossen. Die Person wurde trotzdem verhaftet, und die Gegenpartei hat nicht einmal das Geld, um einen Verteidiger zu engagieren. Arme Leute sollten in seiner kargen Schlucht bleiben und herauskommen, um ihnen Schaden zuzufügen." die Welt. Das ist es. „Bottom Pest."

Nicht lange danach wurde der durchgesickerte Beitrag aus unerklärlichen Gründen gelöscht, aber Zhou Yubai nahm sich die Worte des Whistleblowers zu Herzen.

——Arme Menschen tun alle Arten von Bösem. Sie sind unterste Schädlinge, gierig und rücksichtslos.

Arm?

Wer will schon arm sein?

Warum ist sie so voreingenommen?

Als Zhou Yubai wieder aufsah, war das blasse und schwache Gesicht des Mädchens zu sehen, als ob ihr großes Unrecht widerfahren wäre. Er legte schnell sein Telefon weg und fragte: „Klassenkamerad, was ist los?" "

Das Mädchen vor ihr hat zarte Gesichtszüge, schneeweißen Teint, rote Nase und Augen, und ihr dünner Pony bedeckt ihre Augen und macht ihre Gefühle unsichtbar.

Zhou Yubai war ein wenig benommen. Er wollte gerade etwas sagen, als er sah, wie das kleine Mädchen die leere Milchflasche in den Mülleimer warf und dann den Supermarkt verließ.

Er warf einen Blick auf die Milchflasche im Mülleimer und hob die Augenbrauen. Er war so talentiert, dass er den Müll immer noch unbewusst in den Mülleimer werfen konnte.

Ohne viel nachzudenken, steckte er hastig das Handy auf dem Tisch in die Tasche, streckte seine langen Beine aus und jagte ihr nach.

Das kleine Mädchen war unruhig und ging alleine nach Hause, was ihm ein wenig Sorgen machte.

Um halb zehn in der Nacht wehte ihr der warme Wind ins Gesicht. Unter dem Licht war der Rücken des Mädchens dünn, dünn und einsam.

Wie ein obdachloses Kätzchen.

Zhou Yubai steckte die Hände in die Taschen und folgte ihr schweigend.

Das dunkelbraune Haar des Jungen war durch das Licht wie eine Lichtschicht gefärbt und er war so schön wie ein Engel, der vom Himmel herabstieg.

Unter der Straßenlaterne verwandelte er sich in den Schutzengel des Mädchens und sorgte stillschweigend für ihre Sicherheit.

Als das Mädchen in einen Garten ging, hockte es sich auf den Boden und weinte unerträglich.

Die Stimme war dünn und sanft, wie ein wimmerndes Kätzchen.

Das Herz des jungen Mannes zitterte, und die große Gestalt stand ein wenig ratlos unter der Straßenlaterne.

Gerade als er vortreten wollte, um Trost zu

spenden, hörte er das deutliche Miauen einer Katze, gefolgt vom Wimmern eines streunenden Hundes.

Dann sah er eine Katze und einen Hund vor dem Mädchen herumschwärmen und ihre Köpfe an ihrem Handgelenk reiben.

Auch das Mädchen erschrak. Sie hob schnell den Kopf und sah eine Kattunkatze und einen weißen Hirtenhund.

Für einen Moment vergaß sie zu weinen und sagte mit erstickter Stimme: „Hast du... Hunger? Lass mich dir etwas zu essen kaufen. Sag mir, warum bin ich so erbärmlich? Ich habe noch nicht einmal meinen Magen gefüllt. " Ich habe keine Mahlzeit für dich und ich muss dich füttern, warum bin ich so erbärmlich ... "

Nachdem sie das gesagt hatte, fing das Mädchen wieder an zu weinen.

Zhou Yubai betrachtete diese Szene und hob leicht die Mundwinkel.

Dieser kleine Trottel ist in den Augen anderer tatsächlich viel interessanter als sie.

Er drehte sich um und wollte zum Supermarkt gehen, um etwas Essen für diese armen kleinen Kerle zu kaufen.

Nicht weit entfernt war das Geräusch leiser Schritte zu hören, als Zhou Yubai in der Dunkelheit eine Gruppe Jungen in Berufsschuluniformen sah, die heimlich zusahen und Wünsche äußerten.

Der Anführer war ein Schurke mit kurzem Haarschnitt und einem Haarband auf dem Kopf. Er sah aus, als wäre er gerade vom Basketballplatz getreten und wusste in seinem Herzen, dass dies Xin You war, der Kapitän der Basketballmannschaft der Berufsschule .

„Ist es nicht nur, um uns zu treffen, wenn du nachts alleine unterwegs bist? "

„Das stimmt, Bruder Xiaoyou, du hast recht. "

„Wenn man bedenkt, wie dünn sie ist, ist sie immer noch ein hübsches Mädchen. "

„Das stimmt, Bruder Xiaoyou, du hast recht. "

Zhou Yubai runzelte die Stirn, seine Kopfhaut fühlte sich taub an und er ballte die Hände. Als der junge Mann nach vorne trat, ergriff er ihn hastig mit seinen Händen.

„Kleine Schwester, bist du allein? Möchtest du etwas mit deinem Bruder trinken? "

Sobald der Junge namens Xiaoyou ein Geräusch machte, hob er plötzlich den Kopf.

Im Mondlicht waren die dunklen, klaren, mandelförmigen Augen des Mädchens noch nicht reagiert und für einen Moment war sie fassungslos. Das kleine Mädchen hatte noch nie die Gelegenheit gehabt, so viele wilde Monster und Monster in April Town zu sehen. Sie schluckte sofort ihren Speichel und machte ein Foto. Er klopfte dem kleinen weißen Hund auf den Rücken und sagte leise: „Xiaobai, wie wäre es, wenn du reinkämst? "

Der kleine weiße Hund miaute mit süßer Stimme, streckte die Zunge heraus, stürzte wie eine Rakete hervor, biss dem führenden Jungen in das Hosenbein und bellte.

Bruder Xiaoyou grinste leicht und hob wütend die Augenbrauen. „Schwester? Glaubst du, ich habe Angst vor dieser Sache? "

Nachdem er das gesagt hatte, senkte er den Kopf und sah den Welpen an: „Geh, kleines Biest, geh weg, störe mich nicht, während ich Mädchen abhole. "

Wie konnte Xiaobai es wagen zu gehen? Er starrte ihn mit grimmigen Augen an und ließ nicht locker. Er zog die Hose des Jungen herunter.

„Wenn du es nicht so eilig hast, verschwinde einfach von hier. "

Nachdem er das gesagt hatte, gab er dem Hund einen Tritt zurück, um seinen Wunsch zu erfüllen.

Der kleine weiße Hund wurde vor Wishing getreten, lag frustriert zu ihren Füßen und streckte mitleiderregend die Zunge heraus.

Xuanyuan tätschelte seinen Kopf und sagte: „Danke für deine harte Arbeit, Xiaobai. "

Nachdem sie das gesagt hatte, stand sie auf und stellte sich dem Wind entgegen. Ihr schneeweißes Gesicht war im Mondlicht so brav.

Ihr langes schwarzes Haar flatterte im Wind und verlieh ihr die Schönheit einer Bergelfe.

Alle waren fassungslos und dachten, dies sei ein mächtiges Horn.

Auch Zhou Yubai war fassungslos. Könnte es sein, dass dieses Mädchen etwas verheimlichte? Ein ritterliches Mädchen, das im Shaolin-Tempel aufgewachsen ist?

Trotz ihrer dünnen Arme und Beine kann sie tatsächlich alleine kämpfen und eine Gruppe von Menschen töten?

Ganz zu schweigen davon, dass sie jetzt schlechte Laune hat. Vielleicht kann sie diese Leute schneller ins Krankenhaus bringen?

Zhou Yubai war nicht nur etwas unsicher, Xin You schluckte auch seinen Speichel und sagte hastig: „Schwester, geh raus und frag nach meinem Namen und sieh, wer keine Angst hat, wenn er meinen Namen hört? Ich sage dir, folge mir. Jung. " Meister, Sie müssen sich keine Sorgen um ein gutes Leben machen. "

Aber Xu Yuan schüttelte den Kopf, kratzte sich am vom Wind verwehten Haar und flüsterte: „Kein Interesse, lass uns gehen, tschüss. "

Alle: "..."

Xin You: „Berücksichtigt sie mich nicht? "

Alle nickten: „Ja··· "

„Verabschiedet sie sich von mir? "

Alle nickten: „Ja··· "

Xin You: „Verdammt, dieses Mädchen ist ziemlich höflich! Ist sie ein Mittelschulmädchen? Ist sie gerade aus der Nervenheilanstalt gekommen? "

Xin You war wütend und trat hastig vor, um den Wunsch zu unterdrücken. Er hob sein Kinn hoch und sah sie verächtlich an: „Wie heißt du? "

Xu Wan blinzelte ein wenig ratlos. Gerade war sie weit weg und konnte noch ruhig bleiben, aber jetzt war dieser Gangster direkt vor ihr und sie hatte solche Angst, dass sie vergaß zu atmen.

„Glaubst du, ich wage es nicht, dich zu schlagen? "

Xin You hob einen Ast vom Boden auf und wollte ihn angreifen, aber bevor er aufstehen konnte, spürte er einen Windstoß aufkommen, und dann spürte er, wie sein Hintern angegriffen wurde und sein ganzer Körper hochgeschleudert und auf dem Ast gerollt wurde Den Boden umkreisen und zu Boden fallen.

Als er aufblickte, sah er das Mädchen im weißen Rock überrascht nach vorne schauen.

„Wer wagt es, mich zu treten? " und lange Beine, bereit zum Fußballspielen.

Fußball-Kickbewegungen?

Xin You hatte Angst. Er sah die Brüder um ihn herum an und sagte wütend: „Was machst du? Hast du nicht gesehen, dass ich von Leuten von der Nanyi High School geschlagen wurde? Ich wurde zweimal in einer Nacht von ihnen getötet. Kannst du? " diesen Atem schlucken?

Die Leute rund um die Berufsoberschule hörten das und kamen eilig zu Zhou Yubai und sahen zu diesem schönen jungen Mann auf.

„Schüler der Nanyi High School, hörst du mich? Schikanieren Sie unseren Chef nicht. Wenn Sie mich treten, werden Sie sich besser fühlen. "

„Halt die Klappe, er hat den Boss eben schon getreten, hast du es nicht gesehen? Der Tritt gerade war so cool, es war mein liebster goldener rechter Fuß. Der Tritt ging schnell und hart zu Boden, und du hast gesehen, dass der Boss rausgeschmissen wurde. " Wie ein Fußball. Heilige Scheiße, der Bogen war genau derselbe wie ein Fußball, der rausgeschmissen wird! "

Es gab einen Moment der Stille.

„Pfft "......

Jemand in der Menge lachte und dieses Lachen brachte Xin You noch mehr in Verlegenheit.

Er hämmerte mit der Hand hart auf den Boden, stand mit aller Kraft auf und schlug heftig auf Zhou Yubai ein.

Aber er sah, wie der junge Mann ihn gleichgültig ansah, dann seine Faust ergriff, sein rechtes Bein beugte und mit seinem Knie gegen Xin Yous Bauch drückte: „Du Clown, du gehst nachts raus, nur um dich zu verletzen. Ist das eine Tracht Prügel? Er. " sieht menschlich aus, aber ich hätte nicht erwartet, dass er so unmenschlich ist. "

Xin You bedeckte seinen Bauch mit einer Hand, sein Gesicht verzerrt, und er zeigte auf den Jungen und fragte: „Wer bist du? Wen nennst du einen Clown? "

Zhou Yubai ignorierte ihn, ging aber auf Xu Yuan zu, die fassungslos war, nahm einen ihrer Finger und ging auf Xin You zu.

Die Finger des jungen Mannes waren sehr warm,

aber in diesem Moment reagierte Xu Wish immer noch ein wenig.

Xu Yuan war so schockiert, dass Zhou Yubai in diesem Moment sprachlos war. Ganz zu schweigen von diesen Jungs. Sie hatte das Gefühl, dass Zhou Yubai gerade nicht so gut aussah, aber sie konnte auch sehen, wie kraftvoll dieser Tritt war.

Gleichzeitig zitterte „Miss Perserkatze", die noch nie eine Kampfszene gesehen hatte, im Moment ein wenig.

„Xin Du, schikaniere in Zukunft keine Mädchen mehr, sonst trete ich dich, sobald ich dich sehe."

Nachdem er das gesagt hatte, nahm der hübsche und sanfte Junge das Mädchen und ging langsam.

Hinter ihm war nur ein Seufzen zu hören.

Die Haltung ähnelte der eines Chefs, der mit seiner Freundin spazieren geht, ohne die Härte der Schläge, die er gerade erlitten hatte.

Nein, eigentlich sind die Bosskämpfe sehr sanft, genau wie beim Fußballspielen.

„Schau, was guckst du da! Ihr Verliererhaufen!"

Xin Du hast hart auf den Boden geschlagen.

„Boss, Sie scheinen nichts anderes zu können, als auf den Boden zu schlagen?"

Es war die Stimme, die Xin You heute Abend erneut zusammenbrechen ließ. Er blickte auf und sah, wie der Junge mit dem Babygesicht ihn anlächelte.

Xin You brüllte: „Wen Yan, halt den Mund!"

Kapitel 4 Weiße Iris

Das Mondlicht scheint wie Wasser auf die Erde und die Abendbrise im September ist wie die warme Umarmung einer Mutter. Diese Nacht ist wild und sanft.

Auch wenn Xuanyuan noch nie die Wärme ihrer Mutter erlebt hat, ist sie dennoch der Meinung, dass das Geschenk der Natur so großartig ist.

Diese Nacht sollte die aufregendste Nacht in ihrem Leben werden.

Sie lernte einen herrschsüchtigen, arroganten und geselligen Mann kennen, der sogar ein paar schamlose Worte zu ihr sagte. Gleichzeitig sah sie auch eine andere Seite eines gutaussehenden Studenten, der sanft und gutaussehend war und gerne lernte.

Zuvor beschützte Xu Junsheng sie so gut, dass er sie selbst dann mit dem Fahrrad zur Schule fuhr, wenn die Schule weit weg von zu Hause war, um sie abzuholen.

Jetzt, ohne den Schutz seines Vaters, stellt er sich endlich vor die eigentliche Herausforderung, sich etwas zu wünschen.

Als Xu Wan an seinen Vater dachte, fühlte er sich schwer und deprimiert und seine Schritte wurden allmählich langsamer.

Erst jetzt bemerkte sie, dass ihr Schatten mit dem dieses guten Schülers verschmolz, der ihr vorausging und er ihr folgte. Der Junge war viel größer als sie und ihr Schatten verschwand allmählich im Körper des Jungen.

Sie beschleunigte unbewusst ihren Schritt und die

Gestalt hinter ihr entfernte sich immer weiter. Als sie zurückblickte, sah sie, dass der Mann mit den Händen in den Taschen hinter ihr stand und gemächlich und zufrieden aussah, wie ... ihr Schatten.

„Warum gehst du nicht? "

Die Stimme des Jungen war anziehend und elegant, vielleicht hatte er gerade jemandem eine Lektion erteilt, und sie war etwas heiser.

Das Wunschhirn war wieder am Boden, und sie kratzte sich verlegen an den Haaren. Sie sagte leise: „Was gerade passiert ist ... Danke. "

Der Junge nickte, seine Pupillen dunkel und hell im Licht. „Danke auch für die Milch. "

„Ah? " Xu Yuan senkte verlegen den Kopf. Sie war es offensichtlich, die sich zuerst bei ihm bedankte. Warum bedankte er sich dann wiederum bei ihr?

Sind alle Menschen in der Stadt so höflich?

„Diese Gangster laufen hier gerne nachts herum, seien Sie also vorsichtig. "

Der Junge schien sich absichtlich nach unten gebeugt zu haben, um auf ihre Größe zu achten.

Xu Wish nickte, hob den Blick, um ihn anzusehen, und sah, wie er sanft mit den Mundwinkeln zuckte. Erst dann wurde ihr klar, dass dieser gute Schüler wirklich gut aussah, als er lächelte, besonders die kleinen Birnengrübchen, die sich in seinen Mundwinkeln abzeichneten Mund, der ihn jung und süß aussehen ließ.

Wenn er nicht lächelt, ist sein Temperament so sanft wie Jade, elegant und charmant, was ihn unerreichbar macht.

Als er lächelte, ließ die Kälte in seinem Körper ein wenig nach und er kam plötzlich viel näher.

Dieser Mann hat wirklich viele Gesichter.

"Ich gehe?"

Xu Yuan zeigte auf die nicht weit entfernte Villa der Familie Xu.

Sie war zierlich und exquisit, trug ein altes weißes Kleid, das etwa wadenlang war, mit langen Haaren, die ihr bis zur Taille reichten, und einem hellen, rosigen Gesicht. Sie stand da wie ein verängstigtes kleines Kaninchen.

Weißes Kaninchen, Kätzchen, Hamster...

Sie sind alle süß, genau wie sie.

Es ist nur so, dass diese kleine Süße ein wenig unterernährt aussieht.

Der junge Mann tippte lässig auf sein Handy, die Finger in der Tasche versteckt, nickte und sagte: „Langsamer."

Seine Augen sind sanft und machen den Leuten Angst, ihn direkt anzusehen.

Xu Yuan stimmte zu, drehte sich hastig um und ging auf Xus Haus zu. Sie wusste wirklich nicht, wie sie mit Menschen kommunizieren sollte und wollte unbewusst weglaufen.

Als er die flüchtende Gestalt des Mädchens betrachtete, seufzte Zhou Yubai und erinnerte sich plötzlich daran, was Liang Yi heute gesagt hatte:

„Mädchen aus armen Familien können nicht mehr als einmal im Jahr Fleisch essen, also verlieren sie natürlich Gewicht. "

Sie können nicht genug zu essen bekommen? Isst du deshalb so spät noch ein Sandwich in einem Supermarkt?

Bist du deshalb so dünn? So schüchtern?

——Arme Menschen tun wirklich alle Arten von Bösem. Sie sind unterste Schädlinge, gierig und rücksichtslos.

Plötzlich schossen ihm eine Reihe von Nachrichten einer anonymen Person aus dem Forum durch den Kopf. Zhou Yubai konnte nicht anders, als die Fäuste zu ballen, und in seinen Augen lag ein Anflug von Missmut.

„Bruder, dieser Bruder von der Nanyi High School ist mein Bruder! "

Plötzlich ertönte von hinten eine klare und hohe Stimme. Zhou Yubai drehte sich um und sah einen Jungen in einer Berufsschuluniform auf sich zukommen, der ein quadratisches Feuerwerk in der Hand hielt.

„Bruder, mein Bruder, der seit achtzehn Jahren verloren ist, ich bin dein Bruder Wen Yan, der unter den Menschen verloren gegangen ist! "

Der Junge hielt das Feuerwerk in der Hand, aber er sah keinen Ast unter seinen Füßen. Er stolperte über den Ast und schrie, als Zhou Yubai dachte, dass der Junge auseinanderfallen würde mit einem Lächeln.

Sie zeigte ihm auch ein stolzes Lächeln. „Bruder,

denkst du, dass dein Bruder gut zu mir ist? "

Zhou Yubai hielt sich die Stirn und sah den Jungen vor sich sprachlos an. Dieser Wen Yan war tatsächlich so dumm, wie die Legende sagte!

„Sind Sie Wen Yan aus der Computerabteilung? "

Als der berühmte Spitzenstudent seinen Namen sagte, stand Wen Yan auf und kratzte sich dumm am Haar. „Bruder, kennst du mich? "

Zhou Yubai sagte „hmm " und warf ihm einen leichten Blick zu. „Hast du etwas mit mir zu tun? "

„Oh, es ist okay. Ich habe gerade gesehen, wie gut du mit deinem Tritt aussiehst. Meine Familie verkauft Feuerwerkskörper, also habe ich zu Ehren ein paar Feuerwerkskörper mitgebracht. "

Wen Yan schien das Feuerwerk vor Zhou Yubai bewegen zu müssen, um ihn zu erfreuen.

Zhou Yubai senkte den Kopf und betrachtete das Feuerwerk zu seinen Füßen. Er sagte lange nichts, als Wen Yan dachte, er würde sich weigern, als er die magnetische und feste Stimme fragte: „Was für ein Feuerwerk? " "

"Wasser......"

„Vergiss es, ich nehme es. " Nachdem er das gesagt hatte, holte der junge Mann ein paar rote Scheine aus seiner Tasche und reichte sie Wen Yan. Dann dankte er ihm und nahm das quadratische Quallenfeuerwerk mit.

„Huh? " Wen Yan blickte auf die Geldscheine in seiner Hand und dann auf die weggehende Gestalt des jungen Mannes. Es dauerte lange, bis er reagierte.

„Verdammt, welchem Mädchen wird dieser große Gott ein Feuerwerk bringen? Ist es gerade diese schwache kleine weiße Blume? Verdammt! Verdammt! Verdammt! "

Wen Yan steckte die Tickets weg und folgte hastig: „Bruder, brauchst du jemanden, der das Feuer anzündet? Ich denke, ich bin sehr geeignet! "

Als Xu Yu zu Xus Haus zurückkehrte, war das Licht im Hof ausgeschaltet.

Am Eingang zog sie ihre weißen Freizeitschuhe aus und stellte sie vorsichtig in den Schuhschrank. Aus dem Augenwinkel entdeckte sie ein Paar neue Chanel-Hausschuhe und wünschte sich etwas.

Xu Ning ist zurück.

Kein Wunder, dass die Lichter ausgingen.

Ohne weiter nachzudenken, zog sie ihre einfachen weißen Hausschuhe an.

Die Zehen des kleinen Mädchens waren nicht mit Nagellack bemalt und waren rosa, mit einem weißen Halbmond auf jedem Zeh. Ihre weißen und zarten Füße waren wunderschön und sauber.

Dieses Paar Hausschuhe wurde aus April Town mitgebracht und war ein Geburtstagsgeschenk von Xu Junsheng. Sie hat es immer geschätzt.

Die Hausschuhe sind sehr alt, das billige Leder hat eine rissige Struktur und ist an vielen Stellen vergilbt.

Es ist mit dieser luxuriösen und ordentlichen Villa nicht vereinbar.

Nun, sie ist in der Tat ein Trottel vom Land.

Xu Yuan schürzte die Lippen und ihr Gesicht wurde allmählich rot.

Ich fühle mich in meinem Herzen „gerieben ", mit einem Hauch von Adstringenz.

Dieses Gefühl ist wie ein in Ungnade gefallenes Aschenputtel, das versehentlich in ein luxuriöses Abendessen einbricht, aber dieses Aschenputtel hat weder ein wunderschönes Kleid noch ein Paar glänzende High Heels, sondern nur eine weiße und ausgeblichene Schürze und ein Paar zerfetzte Stoffschuhe.

Aschenputtel geriet so in Panik, dass sie vor Verlegenheit in das Loch kriechen wollte.

Zu diesem Zeitpunkt erschien ein Prinz, der auf einem Knie niederkniete, ihre Hand nahm, sanft ihren Handrücken küsste und ihr sagte: „Es gibt viele talentierte und tugendhafte Frauen, aber du bist die einzige, die sie übertrifft. " alle. "„1 "

„Wie ist ein Prinz? ", murmelte Xu.

Sie stand auf und ging zur Treppe, wobei sie mit der Hand über das kalte und kalte Geländer der Wendeltreppe strich und zu dieser luxuriösen europäischen, schlossähnlichen Villa hinaufblickte. Der Kristallkronleuchter leuchtete im Mondlicht, genau wie die klaren und hellen Augen eines jungen Mannes Mann.

Ich habe die Antwort im Kopf.

„Der Prinz ist wie Zhou Yubai, außer Reichweite, wie eine Blase, die bei Berührung zerfällt. "

Xu Yuan lächelte dumm, schüttelte den Kopf und ging die Treppe hinauf.

„Die Geschichte der Verwandlung des armen Aschenputtels in eine reiche Dame klingt wie ein Märchen. "

Sie schnalzte mit der Zunge: „Ich möchte die Heldin in einem Märchen werden. "

Sie blinzelte und lachte erneut. „Das ist lächerlich. "

Sie dachte, das dürfte kein Märchen sein.

„Vielleicht ein Suspense-Film. "

Einen Wunsch zu äußern, führt zu einer Schlussfolgerung.

Ihr Zimmer liegt im zweiten Stock, gegenüber von Xu Nings Zimmer.

Diese Nacht war wild und warm, wenn ich nicht das Mutter-Tochter-Gespräch mitgehört hätte.

„Ning Ning, du bist das Lieblingsbaby meiner Mutter. " Wen Rong sprach leise und klang, als würde sie Xu Ning überreden.

„Keine Sorge, es gehört dir und deinem Bruder. Es wird kein Penny fehlen. Wenn du ihr einen Wunsch wünschst, denke einfach, dass sie es sich nur ausleiht. "

Die Stimme der Frau war sanft und zart, aber jedes Wort, das sie sprach, war wie ein scharfer Dolch, der das wünschende Herz durchbohrte.

——Wünsch ihr etwas und behandle sie einfach wie einen Gast.

Tatsächlich hatte Wen Rong recht, als sie ein Haus mietete. Nach dieser Nacht wurde Xu Wan noch stiller wage es, den Blick zu heben.

Unter einem Dach zu leben ist wie auf dünnem Eis zu laufen.

Sie erinnerte sich unzählige Male an ihre Tage in April Town, arm, aber glücklich.

Aber auch wenn wir hier jeden Tag Köstlichkeiten aus den Bergen und Meeren essen, wissen wir immer noch nicht, wie wir sie schmecken sollen.

Beim Essen war sie wie eine unsichtbare Person, niemand wollte mit ihr reden. Xu Ning und Xu Hao sprachen über ihren Schulalltag und brachten Wen Rong und Xu Zhenhai dieses Mal zum Lachen und Weinen ein Außenseiter, der sich überhaupt nicht einfügen kann.

Und sie ist tatsächlich eine Außenseiterin, sie ist nur eine geliehene Außenseiterin.

Am Abend vor dem Schuleintritt nahm Wen Rong schließlich ein geschmortes Chicken Nugget mit Essstäbchen und legte es in die Wunschschüssel. Er flüsterte: „Yuan Yuan wird morgen in die Schule aufgenommen. Gehen Sie gut zur Schule und versuchen Sie es. " um in Zukunft die gleiche Prüfung wie dein Bruder zu bekommen. „Eine ebenso hervorragende

Universität."

„Mama, es wäre großartig, wenn dieses Landkind drei Prüfungen bekommen könnte. Wie kann sie an eine hervorragende Universität gehen? Ich habe viel Hoffnung auf sie. Es ist besser, Ning Ning mehr zu ermutigen."

Xu Haos sarkastische Worte ließen Xu Yuan sofort rot werden. Das grüne Gemüse in seinem Mund war weder kaubar noch spuckbar. Es war wie ein Stück Wachs und schwer zu schlucken.

„Xu Hao!"

Wen Rong legte ihre Stäbchen nieder, die immer großzügig und anständig gewesen waren, war in diesem Moment ein wenig irritiert. Sie blickte den rebellischen Sohn an und sagte streng: „Das ist deine Schwester."

Xu Hao schnaubte leicht, legte ein Stück Rippchen in Xu Nings Schüssel, berührte Xu Nings Kopf mit der anderen Hand und sagte lächelnd: „Meine einzige Schwester ist Xu Ning."

„Danke, Bruder." Xu Ning zeigte ein süßes und zartes Lächeln und ließ ihr wunderschönes Gesicht wie eine Rose strahlen.

Xu Yuan hätte nie gedacht, dass es ihr heute so peinlich wäre, ihr Geist war leer und ihre Hände, die die Stäbchen hielten, zitterten ein wenig und blieben stumm, weil sie nicht bereit war, zu ihr aufzublicken Das Herz war kalt und beißend, schlimmer als im zwölften Mondmonat. Das Eis und der Schnee sind noch kälter.

Im kalten Winter baute sie einmal einen kleinen Stand vor der Schule auf, um geröstete Süßkartoffeln zu verkaufen. Es war so kalt, dass ihre Hände zitterten und ihr Körper zitterte. Die Kälte war körperlich, aber auch äußerst befriedigend.

Aber jetzt war ihre Kopfhaut taub und ihr war übel.

Nach dem Essen klopfte Wen Rong an die Tür des Wunschraums und stellte ein Glas warme Milch auf ihren Tisch. „Yuan Yuan lernt? "

Der Klang ist so sanft wie die Abendbrise und vermittelt ein Gefühl der Ruhe.

Xu Yuan hob weder den Kopf noch legte er das Lehrbuch in die Hand, er nickte nur.

„Wie sind Yuanyuans Noten in Anyang? " Sie berührte Xu Yuans weiches Haar und als sie näher kam, wurde ihr klar, dass die Haut des kleinen Mädchens zerbrechlich war und ihr Gesicht klein und zart, aber ein wenig dünn war, genau wie damals, als sie gerade war geboren. .

Xu Wan widersetzte sich ein wenig ihrer Besorgnis und die Trommel in ihrem Herzen schlug weiter. Sie hatte das Gefühl, dass ihre Ohren ein wenig taub waren und das einzige Geräusch, das noch übrig war, ihr eigener Herzschlag war.

Sie schluckte, ihre Stimme war sanft und wächsern. „Die Ergebnisse ⋯ sind in Ordnung. "

„Seien Sie nicht gestresst. Als meine Mutter in Ihrem Alter war, waren ihre Noten relativ schlecht. Später, als sie in ihrem Abschlussjahr an der High School war, arbeitete sie hart und ging aufs College. Alles ist möglich. Seien Sie nicht gestresst. " Wenn Sie auf Probleme stoßen, die Sie nicht kennen, können Sie Ning Ning und Hao Hao fragen, obwohl ihre Noten wirklich gut sind. Hao Hao war auch unter den Top 1.000! die Top 20 der Schule! "

Ihr Ton war sanft und stolz.

Xu Wish schaute auf und sah Wen Rongs wunderschönes und zartes Gesicht mit einem sanften Lächeln, den Augenwinkeln nach oben und ihrem ganzen Körper, der den Glanz der Mutterschaft ausstrahlte.

Seine Augenlider zuckten, Xu Xu senkte den Kopf und nahm einen Stift, um beiläufig auf dem Lehrbuch zu zeichnen, dann nickte er.

Ich möchte meiner Mutter wirklich kein Wort sagen.

Das Mädchen seufzte leise.

Mama, es ist besser, das nicht zu sagen. Woher weißt du, dass meine Noten schlecht sind?

Wen Rong findet dieses Mädchen so gut, sanft und brav, genau wie eine Puppe.

Xu Ning und Xu Hao wurden von ihr verwöhnt und waren noch nie so ruhig und brav, wenn sie mit ihr sprachen.

Sie handelten einfach dreist und verloren vor ihr sogar die Beherrschung, anstatt wie Xu Yuan ihren Unmut zu zeigen, senkten sie den Kopf und schwiegen oder machten ihrem Unmut sogar Luft, indem sie ein

Buch lasen.

Diese Art von Charakter ist wirklich derselbe wie damals, als sie ein Kind war.

Extrem unsicher, wie ein verlassenes Vogelbaby.

„Yuan Yuan, nimm dir nicht zu Herzen, was Hao Hao heute Abend gesagt hat. Ning Ning und Hao Hao werden von mir etwas zu sehr verwöhnt. Macht dir nichts aus, sei glücklich und behandle diesen Ort wie dein eigenes Zuhause."

Nachdem sie zu Ende gesprochen hatte, wurde ihr klar, dass sie das Falsche gesagt hatte. Wen Rong kratzte sich genervt an den Haaren, ihre Zunge erstarrte, ihr Mund war halb geöffnet und sie fühlte sich schuldig.

„Yuan Yuan...Mama...Mama hat das nicht so gemeint. Mama ist einfach...nicht an deine Ankunft gewöhnt···"

Xu Wishans Gesicht wurde augenblicklich blass. Er war von den Worten seiner Mutter so schockiert, dass er sie mit trüben Augen ansehen konnte. Sie hatte das Gefühl, lange Zeit mit leerem Magen in einem Auto zu sitzen. Sie spürte einen Krampf im Magen und wollte sich übergeben, konnte es aber nicht war wie festgefroren und wagte nicht zu blinzeln.

„Yuan Yuan···"

Die Frau rief immer noch ihren Namen und wünschte, sie hätte sich übergeben müssen. Ihr Gesicht war blass, ihre Hände umklammerten fest die Ecke ihres Rocks und sie sagte schwach: „Es tut mir leid, Mama, mir geht es nicht gut. " ."

Nachdem sie das gesagt hatte, rannte das Mädchen zur Toilette, als ob sie vom Tatort flüchten würde.

Xu Wish hatte sich noch nie so unwohl gefühlt wie jetzt. Sie lag auf dem Toilettenrand, hielt sich die Kehle und erbrach sich heftig, als wollte sie das ganze Essen, das sie von der Familie Xu gegessen hatte, ausspucken.

Mama, selbst wenn du mir einen Rat geben und nach meinen Noten fragen würdest, würdest du das nicht fragen.

Aber niemand in dieser Familie kümmerte sich wirklich um sie.

Auch ihre Mutter, die sie im zehnten Monat schwanger zur Welt brachte, hielt sie für eine Idiotin.

Nur einem Idioten gegenüber, einem Narren, der nichts versteht, wäre man so offenherzig.

„Aber Mama, ich bin kein Dummkopf. "

Als ich mir etwas wünschte und wieder aufstand, drehte sich die Welt für eine Weile und ich brauchte eine Weile, um mich zu erholen. Sie wischte sich mit einem Handtuch den Mund ab und erhaschte aus dem Augenwinkel einen Blick auf sich selbst im Spiegel. Ihr Gesicht war blass und ihre Augen waren rot wie bei einem Clown.

Das Mädchen nahm eine Handvoll Wasser und wusch sich achtlos das Gesicht.

Das kalte Wasser wurde auf ihr Gesicht gespritzt und ihr Geist wurde etwas klarer. Die Wassertropfen flossen langsam über ihre gekräuselten Wimpern, ein Tropfen, zwei Tropfen, drei Tropfen, „tick tick tick ", und das Wasser fiel wieder in das Becken .

Als er ins Haus zurückkehrte, war Wen Rong bereits verschwunden.

Auf dem Tisch lag ein kleiner Zettel mit wunderschöner Handschrift, genau wie ihre eigene.

——Yuan Yuan, es tut mir leid, bitte vergib meiner Mutter ihre wahllosen Worte, meine Mutter liebt dich.

wie?

Würden Sie ein Mädchen lieben, das plötzlich in Ihrem Leben auftaucht?

Xu Yuan glaubte es nicht, also steckte sie die Notiz zufällig in das Lehrbuch und schloss es wieder.

Ihr Herz konnte sich lange Zeit nicht beruhigen. Xu Yuan blickte zu dem hellen Mond auf, der hoch am Nachthimmel hing. Sie hatte Xu Junsheng noch nie so sehr vermisst.

Obwohl Xu Junsheng einen niedrigen IQ hat, wahrscheinlich nicht höher als der eines Drittklässlers, waren seine Worte noch nie so verletzend.

Xu Junsheng liebt es, Wünsche zu äußern, daher sind auch die Worte, die er ausspuckt, herzlich.

Es stellt sich heraus, dass es nur daran liegt, dass ich dich nicht liebe.

Xu Xu hob den hölzernen Welpen auf, den ihr Vater ihr gegeben hatte, und eine Träne fiel auf den Kopf des Welpen.

„Papa... ich vermisse dich so sehr. "

Das Mädchen konnte ihre Gefühle nicht mehr kontrollieren und weinte leise, während sie den sorgfältig geschnitzten Welpen betrachtete.

Unter dem Dach einer anderen Person zu leben und deren Gesichter anzusehen, machte sie unglücklich. Sie wollte zurück nach April Town.

Sie vermisste alles in April Town, sogar ihre Großmutter, die Gemüse verkaufte.

Wie sehr wollte sie, dass die Zeit verging, aber sie musste sich der Realität stellen.

Plötzlich wurde der stille Nachthimmel von einem wunderschönen Feuerwerk erleuchtet.

Das Feuerwerk stieg mit einem „Wusch "-Geräusch in den Himmel und explodierte dann mit einem „Knall "-Geräusch. Lila, grüne, rosa und blaue Quallenfeuerwerke erblühten am Nachthimmel, breiteten sich aus und blühten, was so schön war.

Wunderschöne Feuerwerke blühen wie Löwenzahn.

Das Fenster war offen und der Wind wehte über die blassen Wangen und Haare des Mädchens. Alle Geräusche verschwanden und nur das prächtige Feuerwerk blieb vor ihren Augen zurück.

Diese wenigen Minuten waren für Xu Wish extrem lang. Sie war in das äußerst spektakuläre Feuerwerksfest vertieft. Das farbenfrohe Feuerwerk erfüllte ihr schwarz-weißes Leben.

Sie lächelte.

Plötzlich flog ein Papierflieger nicht weit entfernt

vor ihrem Fenster, als hätte er Augen.

Xu Wan war überrascht, als sie den Papierflieger aus dem Fenster nahm. Mehrere große Figuren mit fliegenden Drachen und Phönixen spiegelten sich darin.

Das kleine Mädchen schaute in den Himmel und lächelte. Obwohl sie nicht wusste, wer es ihr geschrieben hatte, fühlte sie sich viel besser.

Ein Windstoß wehte über den Papierflieger auf dem Tisch und plötzlich erschien im Flugzeug ein Satz: „Miss Perserkatze, sind Sie glücklich? "

Kapitel 5 Weiße Iris

An diesem Abend habe ich geweint und gelacht. Bis viele Jahre später wünschte ich, ich würde diesen spektakulären Abend mit dem brillanten Feuerwerk nie vergessen.

Sie steckte auch den unsignierten Papierflieger in das Lehrbuch.

Der unsignierte Papierflieger und der plötzliche Ausbruch des Feuerwerks könnten einfach nur ein schönes Missverständnis sein.

Sie war keine Perserkatzendame, aber diese kurze Brillanz berührte sie dennoch.

Betrachten Sie es einfach als ein Geschenk für sich selbst, ich wünschte.

Diese Nacht war so schön, so schön, dass sie wirklich dachte, sie sei eine Perserkatzendame, die eine Sonderbehandlung erhalte.

Die Spitzengaze flatterte im Wind wie ein

ungezogener Elf, der sich wünschte, das Fenster zu schließen, den Vorhang herunterzuziehen, aufzustehen und zu gehen.

Doch nach einer Weile öffnete sie den Vorhang wieder und schaute aus dem Fenster. Es war stockfinster und sie sah nichts. Sie ließ den Vorhang wieder herunter und ging zum Bett.

Unter der nicht weit entfernten Platane rieb sich ein Junge in der Nanyi-Highschool-Uniform die Hände auf und ab, klopfte ihnen den Staub ab, drehte sich dann um und ging.

„Bruder, ist unser Feuerwerk nicht wunderschön? " Wen Yan trug das fertige Feuerwerk und folgte Zhou Yubai, während er den Rücken des jungen Mannes so gerade wie eine Pappel vor sich betrachtete, und beschleunigte hastig seinen Schritt „Bruder, wurde gerade das Feuerwerk für Xiao Baihua gezündet? "

Zhou Yubai blieb stehen und zog leicht die Augenbrauen hoch. „Kleine weiße Blume? "

„Ja, sieht das kleine Mädchen im weißen Kleid nachts nicht aus wie eine kleine weiße Blume? "

Zhou Yubai lächelte und blickte zu den geschlossenen Vorhängen in der Nähe auf. „Es ist offensichtlich ein mysteriöses Kätzchen. "

„Ah? Bruder, wovon redest du? " Seine Stimme war zu leise und Wen Yan konnte ihn nicht klar verstehen.

Zhou Yubai lächelte, ohne zu wissen, woran er

dachte. Der junge Mann sah Wen Yan mit tiefer Bedeutung an: „Sind Sie daran interessiert, mir einen Gefallen zu tun? "

Wen Yans Augen leuchteten auf und er warf das Feuerwerk schnell auf den Boden und sah Zhou Yubai aufgeregt an: „Bruder, du bist mein ältester Bruder. Beherrschst du Judo und Taekwondo? Du siehst gut aus, groß, hellhäutig, und ich habe hervorragende Noten. Wo finde ich so einen großen Bruder?

Zhou Yubai amüsierte sich über seine Worte. Er war sehr groß und stand stolz unter dem Bergahorn, wie aus einem Zeichentrickfilm der herauskam.

"Du bist so lustig."

Wen Yan, dieser junge Mann, ist genau wie sein Aussehen, er ist süß und süß. Sein Großvater war ein Übersprecher in Peking, seit er ein Kind war, und seine Gesprächsbereitschaft ist sehr schlüpfrig.

Zhou Yubai kannte seinen Großvater seit seiner Kindheit und hörte natürlich von Wen Yans Ruf, dass er ein aufrichtiges Temperament hatte und vor nichts Angst hatte Nanyi City, aber am Ende wurde er ein kleiner Gangster.

„Sie und dieses Mädchen sind sich eigentlich ziemlich ähnlich ", schlussfolgerte Zhou Yubai.

„Was meinst du? " Wen Yan sah Zhou Yubai verwirrt an.

„Gutherzig ", sagte Zhou Yubai gleichgültig.

Wen Yan kratzte sich verlegen die Haare. Ist er gutherzig? Dies war das erste Mal, dass jemand sagte, er habe ein gutes Herz. Sein ältester Bruder sei tatsächlich kein gewöhnlicher Mensch, und seine wahre Natur sei auf den ersten Blick zu erkennen.

Es gibt so einen Jungen. Er sieht nachlässig aus und redet Unsinn. Manchmal wollen die Leute ihm alle Zähne ausreißen, aber er hat ein weiches Herz Jemand, der ihn führt.

Wen Yan ist so und heute Abend traf er Bole, der ihn bewunderte.

Tatsächlich verstand Wen Yan nicht ganz, was Zhou Yubai meinte, aber er war trotzdem neugierig auf diesen Chef. Er blinzelte sofort und fragte: „Womit soll ich dir helfen? "

„Ich weiß, dass du ein guter Junge bist. " Zhou Yubai klopfte Wen Yan mit leuchtenden Augen auf die Schulter, er senkte die Stimme und begann ihm Dinge ins Ohr zu erklären.

Wen Yan hat immer noch eine gewisse Vorstellung von Zhou Yubais Namen. Man kann sagen, dass die meisten Studenten in der Stadt Nanyi von diesem akademischen Meister mit hervorragenden Noten und außergewöhnlicher Stärke gehört haben.

Die beiden sind ähnlich alt, aber der große Mann ist offensichtlich viel reifer und stabiler. Wenn er spricht, hat Wen Yantian vor nichts mehr Angst Angst haben, und das ist Zhou Yubai.

Später korrigierte Wen Yan sein böses Verhalten und schlug den richtigen Weg ein. Als ihn jemand fragte, warum er den ganzen Tag Angst vor Zhou Yubai hatte, hielt er sich den Mund zu und sagte heimlich: „Wenn er dich ansieht, scheint er es zu können. " Mit Röntgenstrahlen kann man das nicht tun, aber Zhou Yubai. Es ist machbar. "

Jemand war neugierig und sagte: „Fart, Herr Zhou ist offensichtlich sanft und elegant. Er kann auch perfekt Englisch sprechen und sein Schreiben ist kraftvoll und kraftvoll, mit einem starken humanistischen Touch. "

„Haha, ich lade Sie ein, an einem anderen Tag zum Gericht zu kommen, um den Charme der Inspektion der nächsten Woche zu sehen. "

"Glaube ich nicht."

„Du wirst es wissen, wenn du kommst. "

"Glaube ich nicht."

„Du musst es glauben! "

...

Wenn der erste Strahl des Morgenlichts ☆ Feenlicht ☆ Aufräumen ☆ auf die Gaze vor dem Fenster fällt, möchte ich meine schläfrigen Augen öffnen, und was in Sicht kommt, ist ein Kristallkronleuchter.

Wunderschön und raffiniert.

Sie fühlt sich immer noch unrealistisch. Heute ist der erste Tag, an dem sie sich an der neuen Schule meldet.

Beim Öffnen des Holzfensters flattert der weiße Fliegengitter im Wind.

Mehrere üppige Bergahornbäume waren im frühen Morgensonnenschein.

Aber wer ist seine Perserkatzendame?

Hat er die falsche Person zugelassen?

Das schwache Sonnenlicht scheint auf das Wunschgesicht, wie ein strahlendes Feuerwerk, das im Herzen erblüht.

Als er die Tür öffnete, kam zufällig auch Xu Ning aus dem Raum. Er hielt ein wunderschönes Smartphone in der Hand und telefonierte: „Ich bin so müde. Ich weiß nicht, wer gestern ein Feuerwerk gezündet hat. Es war sehr laut. "

Xu Wans Hand, die den Rucksack hielt, erstarrte und er sah zu dem Mädchen gegenüber auf. Das Mädchen hatte einen hohen Pferdeschwanz und ihr zartes und charmantes Gesicht war voller Ungeduld.

Sie ging direkt die Treppe hinunter, ohne Xuanyuan auch nur anzusehen. „Du hast nur für mich an meiner Haustür gefurzt? Du hast gefurzt. "

Der Sprecher war unbeabsichtigt, aber der Zuhörer war beabsichtigt. Nachdem Xu Ning diese Worte gehört hatte, wurde ihr plötzlich klar, dass Xu Nings Arbeitszimmer tatsächlich vor der Tür stand.

Wie konnte die arrogante und edle Perserkatzendame sich etwas wünschen ...

Mein Herz sank sofort auf den Grund.

Einen Wunsch zu erfüllen war, als würde man mir eine Schüssel mit Eiswasser übergießen, sodass mir von Kopf bis Fuß kalt wurde.

Sie war steif.

Das war ursprünglich ein schönes Missverständnis. Das Papierflugzeug landete vor ihrem Fenster und flog möglicherweise einfach in die falsche Richtung.

Das ist alles.

Heute Morgen beendete Xu Yuan hastig ihre Mahlzeit und rannte zur Tür, aber Wen Rong hielt sie trotzdem irgendwie auf. Als Xu Yuan sich umdrehte, nahm Wen Rong eine Flasche Milch, steckte sie in ihre Schultasche und lächelte: „Yuan Yuan, Morgen möchte ich Milch trinken. "

Sie senkte den Kopf und sagte „Danke ", schaute dann panisch weg und rannte hinaus.

„Mama, das ist nur ein unwissender weißäugiger Wolf. Schau dir ihr schüchternes Aussehen an. Sie sieht überhaupt nicht wie unsere Xu-Familie aus. "

Xu Hao blickte die flüchtende Gestalt an der Tür an, während er die Milch in der Hand hielt, und spottete: „Wie eine Maus. "

„Haohao! Achten Sie auf Ihr Bild! " Wen Rong blickte ihn gestern Abend immer noch in Panik an und blickte dann auf das regungslose geparkte Auto Als er die Tür öffnete, veränderte sich sein Gesicht leicht und er rannte hastig hinaus.

Diese schlanke Gestalt ist um die Ecke verschwunden.

Wen Rong klopfte an die Autotür und fragte den Fahrer drinnen: „Warum ist Fräulein nicht ins Auto gestiegen? "

Der Fahrer fragte verwirrt: „Miss, essen Sie immer noch drinnen? "

Wen Rong runzelte die Stirn. „Ich meine die Dame, die gerade zuerst rausgegangen ist. "

„Madam, ich habe keine Benachrichtigung erhalten, dass heute eine junge Dame da ist! "

Wen Rongs rote Lippen waren halb geöffnet, aber ihre Zunge konnte sich nicht bewegen.

Sie vergaß, sie vergaß, dem Fahrer zu sagen, dass heute eine junge Dame mitfahren würde, und sie vergaß auch, Xu Wan zu sagen, dass sie dieses Privatauto zur Schule bringen könne.

Sie vergaß.

Die Frau seufzte genervt, warf einen Blick in die leere Ecke und zog vor Kopfschmerzen die Augenbrauen zusammen.

Xu Hao steckte seine Hände in die Hosentaschen, kniff die Augen zusammen, lehnte sich nachlässig zur Tür, sah seine in Panik geratene Mutter an und sagte mit einem Lächeln: „Mama, hast du gesehen, dass du sie überhaupt behandelt hast··· "

Er hielt inne und trat gegen die Kieselsteine unter seinen Füßen. „Wenn du so nachlässig bist, ganz zu schweigen von uns? "

Der Stein rollte vor Wen Rong her, als wäre er ihr ins Herz gefallen, und verursachte eine Welle von Wellen.

„Du magst sie auch nicht, oder? Du denkst auch, sie sei wie eine Fremde. Tatsächlich ist sie eine Fremde. Mama, du hast recht. ", endlich rausgeflogen, er hob stolz die Augenbrauen, als hätte er alles durchschaut, „Mama, auf Wiedersehen. "

Nachdem er das gesagt hatte, drehte er sich um und ging kühl, immer noch Musik summend.

Wen Rong stand schweigend und ratlos da.

Nein, es ist nicht so, dass sie nicht gerne Wünsche äußert, es ist nur...

Sie betrachtete diesen Ort nicht einmal als ihr Zuhause, als sie sich etwas wünschte!

Xu Wan hatte nicht vor, heute mit Xu Ning mit dem Auto zur Schule zu fahren. Sie hatte sich den Weg zur Schule bereits eingeprägt und es waren zwanzig Minuten zu Fuß.

Damals hatte Xu Junsheng keine Zeit, also ging sie acht Kilometer zur Schule.

Xu Wan ist kein Kind einer reichen Familie. Sie kann Schwierigkeiten ertragen und Spott ertragen.

Die Nanyi High School liegt im Stadtzentrum. Alle aufgenommenen Schüler sind hervorragende Schüler mit Bestnoten. Das Unterrichtsniveau ist hoch und die Lehrer sind stark.

Deshalb machte sich Xu Hao über Xu Wan lustig, ob er mithalten könne.

Es ist nicht so, dass er auf Xu Yuan herabblickt, aber es ist die Tatsache, dass die Nanyi High School dafür bekannt ist, dass sie sich stark in interne Angelegenheiten einmischt.

Nach Abschluss des Aufnahmeverfahrens wurde Xu Yuan vom Mathematiklehrer in die 7. Klasse, 2. Klasse, gebracht.

Der Mathematiklehrer ist ein großer, dünner Mann mittleren Alters mit Brille. Er kam aus April Town in der Stadt Anyang, bevor er den Wunsch hörte. Er hatte ein dunkles Gesicht und fragte: „Wie sind Sie hierher gekommen?"

Er schaute nicht auf den Wunsch, sondern blickte den Klassenlehrer ungeduldig an.

Ich hatte schon einmal von dem Namen dieses Transferschülers gehört, aber der Mathematiklehrer Wang Rui war dagegen.

Er ist ein eher traditioneller Mensch. Er hält an dem Konzept fest, nicht an eine andere Schule zu wechseln. Dies ist das erste Mal, dass eine Person dorthin wechselt Natürlich ist er ein wenig unglücklich.

„Lehrerin Wang, schauen Sie sich ihre Noten an." sagte Klassenlehrerin Lei Tao mit einem Lächeln.

Lei Tao ist ein kleiner, dicker Mann, der eine Perücke trägt. Er denkt, dass die Perücke sehr echt ist, aber tatsächlich weiß jeder, dass er die Perücke gut oder schlecht trägt.

Nachdem er das gesagt hatte, lächelte er Xu Yuan an und sagte: „Klassenkamerad Xu, sei nicht nervös. Lehrer Wang ist eigentlich sehr gut. Er redet hart, hat aber ein gutes Herz. "

Lei Tao ist in Shanghai aufgewachsen und spricht mit Shanghai-Akzent, weil er die Jiangnan-Kultur von Nanyi mag und sich seit Jahrzehnten hier niedergelassen hat.

Xu Yuan kauerte in einer Ecke, ihr Lehrbuch in der Hand, und nickte: „Danke, Klassenlehrerin. "

„Gerne geschehen, gern geschehen. " Lei Tao sah das höfliche kleine Mädchen vor sich an, desto mehr gefiel es ihm. Er nahm den mit Wolfsbeere gefüllten Thermosbecher nippen und fragte: „Gewöhnen Sie sich immer noch an das Leben in Nanyi? Der Sommer hier ist möglicherweise heißer als in Ihrer Heimatstadt. "

Xu Yuan war ein wenig überrascht über die Besorgnis der Klassenlehrerin. Sie antwortete mit einem leichten Lächeln: „Ich bin ziemlich anpassungsfähig. "

Das kleine Mädchen ist ziemlich süß, mit heller Haut, einem kleinen Gesicht und großen Augen, aber sie sieht nicht sehr energisch aus.

„Sind Sie ein Einheimischer aus April Town? Wie viele Ihrer April-Mittelschüler haben letztes Jahr die Aufnahmeprüfung im Norden Pekings bestanden? "

fragte Lei Tao klatschend, aber bevor Xu Yuan sprechen konnte, wurde er von Wang Rui unterbrochen.

"folgen Sie mir."

Wang Rui las das Wunschprotokoll noch einmal, holte tief Luft, schloss das Protokoll und legte es auf den Tisch, schaute sich das Wunschprotokoll noch einmal an und sagte aufrichtig: „Ihre vorherigen Noten sind mir egal, aber von heute an Sie sind ein Schüler unserer Nanyi High School. Von nun an beginnt Ihre Highschool-Karriere nicht. Es gibt hier so viele Top-Schüler 30 hat eine Punktzahl, die ihn an die großen Spitzenuniversitäten empfohlen hat. Er war in der zweiten Klasse der High School und hat nicht nur gute Noten, sondern ist auch sehr gut im Sport.

„Und schauen Sie sich an, können Sie mit Ihrem kleinen Körper achthundert Meter laufen? Ich lege großen Wert auf die Entwicklung der Allroundqualitäten der Schüler. "

Nachdem Wang Rui zu Ende gesprochen hatte, starrten seine scharfen Augen wie Adler auf den nervösen Wunsch.

„Alter Wang, alter Wang, vergiss es, bring das kleine Mädchen einfach zum Unterricht. Der Sportlehrer ist für den Sportunterricht verantwortlich. Warum machst du dir so viele Sorgen? " Lei Tao zog Wang Rui und schenkte Xu ein verlegenes Lächeln Yuan.

„Es tut mir so leid, Klassenkamerad Xu, du, Lehrer Wang, bist ein kleiner Idiot. Weißt du, was ein Idiot bedeutet? "

Xu Wish nickte: „Ich weiß einfach nicht, wie ich flexibel sein soll, ich bin starr in meinem Denken und ich bin starr in der Ausführung von Dingen. "

Lei Tao war für einen Moment fassungslos, ein wenig überrascht von der Offenheit des Mädchens, aber gleichzeitig klatschte er aufgeregt in die Hände:

„Stimmt, Sie, Lehrer Wang, sind einfach ein Idiot! "

Er sah absichtlich nicht, wie Wang Ruis Gesicht immer dunkler wurde, und bat Xu Yuan weiterhin, einige Anweisungen für die Aufnahme zu geben. Schließlich sagte er: „In unserer siebten Klasse gibt es eine Dame namens Yao Yinyin. Sie ist die chinesische Klassensprecherin. " von unserer Klasse. Lass mich dich nach dem Unterricht fragen. „Sie führt dich herum. "

„Okay, lass uns gehen. " Wang Rui war ein wenig unglücklich und ignorierte die beiden. Er ging mit dem Lehrbuch in der linken Hand und dem Wasserglas in der rechten Hand aus der Tür.

Xu Yuan winkte Lei Tao zu, drehte sich um und folgte dem Mathematiklehrer zur Tür hinaus.

Die 7. Klasse, die 2. Klasse, ist eine Mittelstufe an der Nanyi High School. Zhou Yubai wurde jedoch in dieser Klasse geboren und die 7. Klasse wurde nach dem Abendessen zum Gesprächsthema aller.

Aber gerade wegen Zhou Yubai wirkt dieses zweite Jahr an der High School etwas mittelmäßig.

Das ist es, worüber sich Lei Tao und Wang Rui Sorgen machen. Zhou Yubai aus der siebten Klasse und Liang Yi aus der dritten Klasse waren zu stark, was diese Klasse der Oberstufenschüler etwas glanzlos machte.

Als Xu Wan Wang Rui bis zur Ecke folgte, sah sie zufällig den legendären akademischen Meister Zhou Yubai mit einer Schultasche auf dem Rücken die Treppe hinuntergehen. Der Junge trug heute keine Schuluniform, sondern ein sauberes weißes T-Hemd, mit einer schwarzen geraden Hose, die ihre Beine gerader und schlanker machte.

Sein Temperament ist sanft, kühl und faul.

Die Mischung dieser Temperamente macht einen so bezaubernden Zhou Yubai aus.

Hübsch, gutaussehend, charmant.

„Yu Bai, bist du heute wieder zu spät? " Wang Rui blieb stehen und sagte Hallo zu Zhou Yubai.

Der Ton war freundlich, keineswegs gleichgültig wie im Gespräch mit Xu Yuan.

Zhou Yubai nickte, dann sah er Xu Yuan an und nickte mit ihr.

„Warum trägst du heute keine Schuluniform? " fragte Wang Rui.

Zhou Yubai lächelte und antwortete: „Ich habe es letzte Nacht aus Versehen schmutzig gemacht. "

Nachdem er das gesagt hatte, warf er einen Blick auf Make a Wish.

In seinen Augen lag ein Lächeln, aber in seinem Herzen dachte er: „Was siehst du da, kleines Mädchen? Nur um für dich ein Feuerwerk zu zünden, hat mein Bruder seine Schuluniform mit dem Feuerwerk befleckt! "

Obwohl sich mein Herz tausendmal drehte, blieb mein Gesicht ruhig.

„Ist das das neue Schulmädchen? " fragte er.

Wang Rui nickte, warf einen Blick auf den Wunsch und stellte vor: „Dies ist der Wunsch unseres

Luftlandeteams sieben. "

„Wünsch dir was. " Wang Rui sah sie noch einmal an.

Xu Wan richtete sofort ihren Rücken auf und sah Wang Rui an, ohne zu blinzeln: „Lehrer Wang. "

Wang Rui nickte und bewunderte die gehorsame Haltung des neuen Transferschülers.

Er sah Zhou Yubai stolz an und sagte zu Xu Yuan: „Das ist Zhou Yubai aus der 30. Klasse, der unsere Mittelschule Nr. 7 abgeschlossen hat und es dir gerade gesagt hat. "

Xu Wish blinzelte, senkte den Kopf und verneigte sich respektvoll vor Zhou Yubai: „Hallo, Senior. "

Zhou Yubai lächelte und sagte: „Es ist nicht nötig, so brav zu sein, Schulmädchen. "

Xu Wish hob heimlich den Kopf, um den Jungen anzusehen. Seine Haut war so dünn, dass Xu Wish die Adern an seinem hellen Hals sehen konnte Feuerwerk, das letzte Nacht explodierte.

Als ich Zhou Yubai wiedersah, konnte ich mir nicht wünschen, ihn mit dem Jungen in Verbindung zu bringen, der gestern Abend Menschen wie Fußbälle gespielt hat.

Sie sah den Jungen dumm an, und als er näher kam, stieg ihr der vertraute Duft ins Gesicht. Nachdem sie eine Weile darüber nachgedacht hatte, wünschte sie sich etwas und erkannte, dass es der Duft der Gardenien in ihrer Heimatstadt war.

Plötzlich weiteten sich ihre Augen.

Sie erinnerte sich daran, dass der Junge letzte Nacht mit dem Licht im Rücken auf sie zukam. Er war groß, mit zarten Gesichtszügen und leicht lockigem kastanienbraunem Haar. Er nahm langsam und lässig einen ihrer Finger fest.

Xu Wan erinnert sich noch immer an die Wärme und Zartheit seiner Finger.

Verdammt, warum hat sie sich plötzlich daran erinnert? Offensichtlich hat sie letzte Nacht nicht daran gedacht.

Im Nu wurden die Ohren des kleinen Mädchens rot.

„Huh? " Zhou Yubai bemerkte Xu Yuans Blick und sah sie mit hochgezogenen Augenbrauen an. Xu Yuan senkte sofort den Kopf.

Zhou Yubai sah, dass nur ein Teil des schneeweißen Halses des Mädchens freigelegt war und langsam eine dünne Schicht Rouge bekam. Er lächelte schnell und sagte Hallo zu Wang Rui neben ihm: „Lehrer Wang, ich gehe zuerst. "

Der junge Mann hängte sich ein schwarzes Bluetooth-Headset mit Geräuschunterdrückung um den Kopf und ging gemächlich an Wang Rui vorbei nach oben.

„Wie oft ist dieser Junge zu spät gekommen? Er trägt Kopfhörer im Unterricht. Wie oft habe ich es ihm gesagt, aber er hört einfach nicht zu? Wang Rui senkte den Kopf und beschwerte sich: „Ihmen Sie nicht nach. " Er ist Zhou Yubai. Er wird nicht kommen. „Im

Unterricht ist es in Ordnung. "

Der Wunschkopf nickte wie eine Rassel: „Okay, Lehrer Wang. "

„Wünschte, kannten Sie Zhou Yubai schon einmal? " fragte Wang Rui plötzlich, ohne zu wissen, woran er dachte.

Kapitel 6 Weiße Iris

„Lehrer Wang··· " Xu Yuan war auf der Stelle fassungslos, ein wenig ratlos.

Das Mädchen war sehr dünn, hatte sehr große Augen und ihre dunklen Pupillen leuchteten leicht.

Sie wusste nicht einmal, wie sie diese Frage beantworten sollte. Sie und Zhou Yubai kannten sich nicht und diese Person kannte möglicherweise nicht einmal ihren Namen.

Sie sind wie zwei parallele Linien, die sich nicht kreuzen können.

Es handelt sich höchstens um eine Beziehung zwischen älteren und jüngeren Studierenden.

Das ist alles.

Außerdem hatte sie zu viele Dinge in ihrem Herzen verborgen. In diesem kritischen Moment ihres zweiten High-School-Jahres konnte sie sich nicht von anderen Dingen ablenken lassen.

„Ich vermute, Sie kennen keinen von beiden. Er scheint unnahbar zu sein. " Er nahm das Wasserglas, trank einen Schluck Wasser und sagte: „Obwohl er Es sieht so aus, als hätte er viele Freunde. Dieser Junge ist sehr stoisch.

„Ah? " Xu Yuan war ein wenig jung und unwissend und ihre klaren und durchsichtigen Augen waren voller Verwirrung.

Das Mädchen umklammerte mit beiden Händen fest die beiden Riemen ihres Schulranzens, immer noch einigermaßen unempfänglich für den plötzlichen Klatsch des Mathematiklehrers.

„Du verstehst es nicht, selbst nachdem ich es dir gesagt habe, lass uns gehen. " Wang Rui schnalzte mit der Zunge, drehte sich um und ging in Richtung Klasse 7.

Xu Wish nickte, senkte den Kopf wie ein kleines Kaninchen und folgte dem Mann gehorsam.

Die beiden Figuren, eine große und eine kleine, sind ein besonderer Hingucker.

„Ist das die neue Transferschülerin? " Die Schüler der nächsten Klasse waren alle neugierig auf dieses dünne, gehorsame kleine Mädchen.

„Ist es nicht so, dass Wang Rui keine Transferstudenten akzeptiert? Wo kommt diese Person her? "

Viele Schüler drehten heimlich den Kopf, um die beiden Gestalten im Flur zu betrachten.

„Es ist kein Verwandter Haushalt. Welcher Verwandte Haushalt ist so klein? Er sieht aus wie ein Grundschüler in einer Bergregion. "

„Hey, du bist so dünn, als hättest du nicht genug zu essen. "

„Halt die Klappe! " Hinter der 6. Klasse der 2. Klasse lag ein Mädchen in Herbstschuluniform auf dem

Tisch, hob langsam den Kopf, um die Gruppe von Bastarden anzusehen, und ihre scharfen Augen spiegelten ihre Wut wider. „Es gibt keinen Unterricht, worüber redet ihr hier alle?"

Sie trug einen hohen Pferdeschwanz, da sie auf dem Bauch schlief. Ihr Haar war lose und einige lange Haarsträhnen hingen noch an der Seite ihres Gesichts.

Die Stimme war weder laut noch leise und schockierte die Gruppe der Schüler, die darüber sprachen.

Plötzlich herrschte Stille im Klassenzimmer.

Dies war ein Physikunterricht, aber der Physiklehrer senkte nur den Kopf und hielt Vorlesungen, ohne die Schüler anzusehen. Infolgedessen waren die Schüler der Klassen 2 und 6 etwas gesetzlos. Allerdings war dieses Mädchen mit einem Ein hoher Pferdeschwanz war offensichtlich attraktiver.

Als ich mir etwas wünschte und durch die Hintertür der Klassen 2 und 6 ging, sah ich zufällig diese älteste Schwester.

Sie ist sehr groß und hat ein ovales Gesicht und einen hohen Pferdeschwanz. Sie hat ein Paar schmaler und wunderschöner roter Phönixaugen Blicke auf Menschen, es ist wie ein Dolch in ihrem Hals. Menschen können nicht atmen.

Es war das erste Mal, dass Xu Wan so scharfe und düstere Augen sah. Sie verzog den Hals vor Angst und beschleunigte hastig ihren Schritt.

Nebenan war die 7. Klasse, die 2. Klasse, und Xu

Yuan folgte Wang Rui und ging hinein.

Es war völlig anders als in der Klasse 6 nebenan. In der Klasse 7 war es unheimlich ruhig.

Da Wang Rui etwas zu spät kam, waren alle in die Rezension vertieft und Xu Yuan hörte nur das „Sausen " des Bleistifts.

„Klassenkameraden, halten Sie einen Moment inne. Lassen Sie mich Ihnen einen neuen Klassenkameraden vorstellen. " Wang Rui ging gut gelaunt zum Podium, stellte das Lehrbuch und das Wasserglas auf den Tisch und warf einen Blick auf Xu Yuan, der an der Tür stand. und bedeutete ihr, zum Podium zu gehen.

Xu Yuan war etwas nervös und ging mutig zum Podium.

Sofort legten die Schüler im Publikum nacheinander ihre Stifte nieder und starrten sie so verängstigt an, dass sie schnell den Kopf senkte.

Solange sie so tat, als würde sie sie nicht sehen, wusste sie nicht, dass sie sie ansahen.

Sie hielt den Atem an und versuchte ihr Bestes, um sich einer Gehirnwäsche zu unterziehen.

Es war so einschüchternd, auf dem Podium zu stehen.

Er faltete die Hände, sein Gesicht wurde augenblicklich rot und er wünschte sich, dass es schlimmer sein würde, auf dem Podium zu stehen als der Tod. Aber Wang Rui bat sie auch, sich vorzustellen.

Xu Wish hob ihren schweren Kopf, sah die

Zuschauer im Publikum an und sagte stotternd: „Hallo zusammen ··· ich ··· mein Name ist Xu Wish. "

Unten herrschte Stille.

Ich wage es nicht, ein Wort zu sagen, selbst wenn ich es wünschte.

Es herrschte lange Zeit Stille und eine Unbehaglichkeit lag in der Luft.

Es ist auch unangenehm, sich etwas zu wünschen.

Sie riss die Augen weit auf und wagte es nicht, jemanden im Publikum anzusehen. Sie konnte nur die Tafel an der Wand hinter sich lesen.

Wang Rui schien sich überhaupt nicht um ihr Lampenfieber zu kümmern und sagte mit strengem Gesicht: „Wish, bitte stellen Sie den Klassenkameraden Ihre persönliche Situation vor. "

Xu Wish war von der lauten Stimme erschrocken.

Dieser Mathematiklehrer war so nett zu Zhou Yubai, aber jetzt war er so wild.

Stellen Sie Ihre persönliche Situation vor?

Ich muss auch weiterhin meine persönliche Situation vorstellen!

„Wünsch dir was " ist etwas kaputt.

Sie grub ihre Finger in ihre Schuluniform und wollte sie am liebsten zerreißen.

Sie schluckte plötzlich und sagte: „Ich lese gern, ich mag ··· "

Es scheint, dass ich keine anderen Hobbys habe.

Es scheint noch einen zu geben.

Sie machte eine Pause und sagte: „Ich beantworte auch gerne Fragen. Wenn Sie Freunde haben, die gerne Fragen beantworten, können wir nach dem Unterricht gemeinsam Fragen beantworten. "

...

Es herrschte Stille.

Alle sahen sie an, als wäre sie eine Idiotin.

Wer möchte mit Ihnen einen Termin vereinbaren, um abends Fragen zum Lernen zu stellen, nachdem Sie tagsüber so viel gelernt haben?

Obwohl Xu Wishong ein wenig dumm und ein wenig sozial eingeschüchtert wirkte, nickte Wang Rui dennoch zufrieden. Der Mann mittleren Alters legte seine Hände auf den Tisch, sah die Gruppe der Schüler im Publikum an und sagte ruhig: „Jeder muss lernen. " von Xu Wan. Sie hat einen starken Lerngeist, liebt es zu lernen und liebt es, Fragen zu beantworten, weshalb Ihr Klassenlehrer und ich sie rekrutiert haben. "

„Okay, Klassenkamerad Xuyuan, bitte such dir zuerst einen Platz zum Sitzen. " Wang Rui setzte seine Augen auf, schlug sein Mathebuch auf und begann zu unterrichten.

Zögernd verließ Xu Yuan die Bühne, blickte verwirrt auf die unbekannten Gesichter und wusste nicht, wohin er gehen sollte.

Sie konnte nur zurückgehen, einen freien Platz am Fenster finden und sich setzen.

Xu Yuan hörte der nächsten Klasse sehr aufmerksam zu. Obwohl sie aus einem bestimmten

Grund nach Nanyi kam, wollte Xu Yuan gleichzeitig auch das leistungsstarke Lehrpersonal dieser Universität sehen.

Nach dem Unterricht war sie wie ein Schwamm im Meer und wurde ständig mit Wissen gefüllt.

Wang Rui sieht ein bisschen wild aus, aber gleichzeitig sind seine Vortragsfähigkeiten und persönlichen Wissensreserven sehr reichhaltig.

Ich habe mich sehr über den Wunsch gefreut.

Nach dem Unterricht saß Xu Yuan am Fenster und ging den Inhalt des Unterrichts noch einmal durch.

Die Sonne schien auf ihr Gesicht und sie fühlte sich sehr wohl.

Als sie in die Stadt Nanyi kam, verspürte sie ein Gefühl der Zufriedenheit.

In der 6. Klasse nebenan gab es viel Lärm. Als ein paar Mädchen gemeinsam auf die Toilette gingen, schauten sie heimlich die neue Transferschülerin an.

„Das sind große Neuigkeiten. Wer weiß nicht, dass Wang Rui keine Transferstudenten mag? "

„Was sind ihre Vorteile? Kann sie gut lernen? Wang Rui hat Zhou Yubai unterrichtet und sie mag immer noch andere? "

„Ich möchte sehen, wer dieser Transferstudent ist. "

Ein paar Mädchen standen am Eingang des Flurs der siebten Klasse und blickten gelegentlich auf Xu Yuan, die ins Schreiben vertieft war.

„Sieht so aus, als ob du wirklich gerne lernst, nicht wahr? "

Die 6. Klasse nebenan war so neugierig auf Xu Yuan, dass sie sofort hineinstürmen, sie am Halsband packen und sie genau untersuchen wollte.

Aber die Schüler der siebten Klasse vertieften sich einfach ins Lernen, hielten Lehrbücher in der Hand und nur wenige standen sogar auf, um auf die Toilette zu gehen.

„Hey, gehst du nicht zurück zum Unterricht? Du umringst Klasse 7, willst du, dass ich dich reintrete? "

Xu Wan hatte einige Zweifel an dem Wort „Kick ", also hob sie sofort den Kopf und schaute nach draußen.

Dann sah ich das Mädchen mit dem hohen Pferdeschwanz, die Hände vor der Brust gefaltet, und die Mädchen ernst anschauen, die miteinander flüsterten. Sie war sehr groß, so groß, dass sie diese Mädchen wie Vogelgezwitscher aussehen ließ.

Nachdem sie das gesagt hatte, blickte sie Xu Wish ohne große Emotionen an, als würde sie ein Stück Gras betrachten.

Xuanyuan war von der Stärke der Königin schockiert.

„Sie ist hübsch, nicht wahr? " Ich dachte an eine dünne und sanfte Stimme neben mir, und als ich mich umdrehte, sah ich ein Paar lächelnde Augen: „Ihr Name ist Liu Ruoyi, merken Sie sich diesen Namen. "

Das Mädchen öffnete ihre kleinen Reißzähne, und

als sie lächelte, waren die Grübchen in ihren Mundwinkeln schwach sichtbar.

Nach einer Weile wurde es im Korridor endlich still.

„Mein Name ist Yao Yinyin, die chinesische Klassensprecherin unserer Klasse, Sie können mich einfach Yinyin nennen. Das Mädchen ist sehr enthusiastisch, mit der Unschuld und Romantik dieser Klasse. "

Xu Yuan verstand endlich, warum der Schulleiter Yao Yinyin bat, sie herumzuführen.

„Sie sind der chinesische Klassenvertreter ", sagte Xu Yuan fest.

„Kennst du mich? " Xiao Huya wurde deutlicher und sie rückte näher an die Wunschseite. „Hat Lao Lei das gesagt? "

Xuanyuan nickte ehrlich.

„Du bist so süß, kein Wunder, dass er dir erlaubt hat reinzukommen. "

Xu Yuan ist verwirrt. Was hat ihre Möglichkeit, hereinkommen zu können, damit zu tun, ob sie süß ist oder nicht?

„Sie werden sich in Zukunft an die Atmosphäre unserer Klasse gewöhnen. Sie… " Yao Yinyin beugte sich vor, um etwas zu wünschen, runzelte die Stirn und sagte leise: „Sie sind ein Haufen falscher akademischer Meister! "

Tatsächlich passte sich Xu Wan nicht besonders gut an die Atmosphäre dieses Kurses an. Alle waren mit gesenktem Kopf mit dem Lernen beschäftigt und sie verstand nicht, was es bedeutete, ein falscher akademischer Meister zu sein.

Der Morgen verging schnell. In Begleitung von Yao Yinyin wünschte ich mir etwas und kam zur Internet-Promi-Cafeteria der Nanyi High School.

In dem überfüllten Raum nahm Yao Yinyin die Wunschhand und stellte sie vor: „Unsere Schulkantine ist berühmt und wurde sogar von einem Fernsehsender interviewt! "

„Ah? " Xu Yuan war es nicht gewohnt, von anderen berührt zu werden. Er blickte auf die Hand, die das Mädchen hielt, und erstarrte.

Yao Yinyin verspürte nicht die Steifheit, einen Wunsch zu äußern, und stellte ihr weiterhin das Essen in der Schule vor: „Unsere Schule hat eine sehr große Auswahl an Speisen, darunter auch westliches Essen, und sogar luxuriöse Privatsuiten gegen Gebühr, aber nur für die Oberstufe. " Die Oberstufenschüler an diesem Ort sind besonders großartig. Nur Senioren sind zum Essen qualifiziert, und Zhou Yubai muss einer von ihnen sein.

Yao Yinyin blieb stehen und schaute direkt auf die Privatbox. Xu Yuan wurde von ihr überrascht und zum Stehen gebracht, wobei sie sie fast traf.

„Zhou Yubai und Xu Ning? Wann sind sie sich so nahe gekommen? " Yao Yinyin runzelte die Stirn und sah die Leute vor ihr unglücklich an.

Xuanyuan erkannte, dass es sich bei ihnen um dieselbe Menschengruppe handelte, die vor ein paar

Tagen an ihrer Tür vorbeigekommen war.

Yao Yinyin machte sich Sorgen, dass sie ihn nicht kannte, also erklärte sie ihr geduldig: „Haben Sie diesen großen und gutaussehenden Mann gesehen, dessen Beine länger als mein Leben waren? Sein Name ist Zhou Yubai. Schauen Sie sich dieses hübsche kleine Gesicht an. Es ist wirklich so. " bringt mein Herz zum Singen.

Als Yao Yinyin über Zhou Yubai sprach, zitterte die Hand, die sie hielt.

Xu Yuan warf Zhou Yubai einen Blick zu. Er blickte nachlässig auf sein Telefon, mit kurzen kastanienbraunen Haaren, die lässig auf seinen Wangen hingen, als wäre er gerade aufgewacht.

Xu Ning folgte ihm und warf ihm von Zeit zu Zeit einen heimlichen Blick zu, ihre Augen funkelten vor Liebe.

Der junge Mann war sich dieses Anblicks überhaupt nicht bewusst.

Ich weiß nicht, ob er letzte Nacht versucht hat, Eisen zu verkaufen. Zhou Yubai war sehr schläfrig, seine Augenlider waren gesenkt und er sah lustlos aus.

Als ich ihn morgens sah, schien es, als hätte er nicht gut geschlafen.

Dieses schläfrige und lustlose Aussehen macht es schwierig, ihn mit einem Spitzenschüler in Verbindung zu bringen.

Ganz zu schweigen davon, dass er sich etwas wünschte, ich habe gesehen, wie er Menschen schlug.

Genau wie ein Schultyrann.

Xu Yuan tat Zhou Yubai wegen ihrer Gedanken leid, obwohl seine Noten so gut waren, dass er zur Legende der Nanyi High School wurde.

Yao Yinyin stellte die nächsten paar Leute eher oberflächlich vor: „Der große und starke Kerl hinter ihm heißt Chen Chi. Er ist kaum ein hübscher Kerl, oder? Er ist ein hübscher Kerl, der relativ viel Glück hat, hahaha. "

„Viel Glück? " Xu Yuan war etwas verwirrt.

„Er hat relativ viel Glück, aber seine Noten sind durchschnittlich. Aber siehst du den hübschen Kerl neben ihm? "

Yao Yinyin zog die Wunschhand und bedeutete ihr, aufzupassen.

Xu Wish nickte, ihr Blick ruhte lächelnd auf dem sonnigen und gutaussehenden jungen Mann. Dieser Mann schien in einer relativ stabilen Stimmung zu sein. Er trug eine Schuluniform, war groß und langbeinig und sprach mit Zhou Yubai.

Zhou Yubai nickte träge.

Machen Sie einen Wunsch und raten Sie mal, wovon sie sprechen: Was gibt es heute zu Mittag, Sauerkraut und Schweinerippchensuppe? Saure, süße Spezialitäten aus dem Nordosten.

Nun, das muss er gesagt haben.

Yao Yinyin wusste nicht, was sie dachte, also fuhr sie fort: „Sein Name ist Liang Yi und seine Noten sind nur ein wenig schlechter als die von Zhou Yubai. Nachdem sie das gesagt hatte, kniff sie in die Finger und machte Gesten. "

„Oh, nicht jeder kann die Noten des großen Bruders übertreffen. " Yao Yinyin winkte mit der Hand, zeigte auf die Leute hinter ihr und sagte: „Das sind alles Absolventen der High School, Xu Ning, unsere Göttin der Nanyi High School, hat eine sehr. " Er hat ein gutes Verhältnis zu Männern und ist mit einer Gruppe von Jungen befreundet, also vergiss die anderen nicht. "

Nachdem Yao Yinyin das gesagt hatte, drehte er sich um und warf Xu Wish einen überraschten Blick zu: „Wish, möchtest du einen kleinen Ofen öffnen? "

Xu Wans Augen weiteten sich, verwirrt und unschuldig. „Was? "

Yao Yinyin erklärte es nicht, sondern zog sie in Richtung der luxuriösen Privatsuite: „Lass uns gehen, lass uns dich zu einer köstlichen Mahlzeit mitnehmen! "

„Haben Sie nicht gesagt, dass nur diejenigen mit besonders guten Noten im dritten Jahr der High School es essen können? "

Yao Yinyin zwinkerte ihr schelmisch zu. „Gelegentlich können wir zum Beispiel Sex haben··· "

Sie ging auf die Gruppe zu und flüsterte: „Liang Yi! "

Der sonnige Junge drehte sich um, warf ihr einen Blick zu und kniff seine schönen Augen zusammen.

Yao Yinyin schnappte sich hastig Xu Wish, ging zu ihnen und stellte vor: „Das ist unser neu versetzter

Schüler, Xu Wish. "

Liang Yi nickte höflich zu diesem Wunsch.

„Liang Yi, können wir hineingehen und zusammen essen? " Yao Yinyin nahm die Wunschhand, blinzelte mit den Augen und fragte lächelnd.

Es heißt, dass man niemanden mit einem lächelnden Gesicht schlagen sollte. Als er Xu Yuans Anschein erweckte, als würde er abnehmen, nickte er: „Das muss ich wiedergutmachen. "

Xu Wish hob den Kopf und sah ihn neugierig an.

Liang Yi blickte in diese dunklen und hellen Augen, die voller Sterne waren, aber sie sahen aus wie Sterne, die auftauchten, nachdem man sie bewusstlos geschlagen hatte. Gehorsam wie ein kleiner Hase verzog er die Lippen und sagte: „Komm rein. "

Xu Ning sah Xu Yuan natürlich und war sofort ein wenig unglücklich. Sie wollte ihre Beziehung zu Xu Yuan nicht als leibliche Schwestern preisgeben, also ging sie hastig zu Liang Yi und runzelte die Stirn: „Liang Yi, das ist nicht angemessen. Wenn alle im zweiten Jahr. " In der High School ist das so. Wenn Sie das sagen, wird diese private Box kein Paradies mehr für Oberstufenschüler sein.

Alle waren von diesen Worten fassungslos.

„Außerdem kann diese Tür nicht für alle geöffnet werden! Kann von nun an eine Katze oder ein Hund hereinkommen? " Ihr Ton war unschuldig, ihre Worte waren vernünftig und ihre Augen waren aufrichtig, aber ihre Worte waren nicht unschuldig.

Wie ein Dorn.

Liang Yi war ein wenig verlegen, als sie diese Worte hörte. Sie umarmte ihren Wunscharm und zog die Augenbrauen zusammen: „Xu Ning, ist das ein Restaurant, das deiner Familie gehört? Und wer ist es? Eine Katze und ein. " Hund?"

„Von wem redest du, Katze oder Hund? Ich habe es nicht namentlich erwähnt. Jeder, der denkt, er oder sie sei eine Katze oder ein Hund, ist eine Katze oder ein Hund. " .

„Xu Ning, schikaniere nicht nur die Schwachen und fürchte die Starken, nur weil du ein paar reiche Leute zu Hause hast! " war besorgt und wollte sofort das wahre Gesicht dieser Frau enthüllen.

Aber Xu Ning versteckte sich mit verängstigtem Blick und geröteten Augen hinter einer Gruppe von Jungen: „Das habe ich nicht gesagt, ich hatte nur Angst, dass Liang Yi bestraft werden würde, also habe ich ihm geraten, Sie haben die Position selbst übernommen, warum tun? " Du gibst mir die Schuld? Schau, du siehst überhaupt nicht wie eine Dame aus. Wenn du noch einmal schreist, wirst du uns Mädchen wirklich in Verlegenheit bringen.

Yao Yinyin biss die Zähne zusammen und wollte auf sie stürzen, sie an den Haaren packen und ihre Verkleidung ausziehen, aber sie wagte es nicht: „Du, du··· "

„ in werden unsere kulinarischen Standards definitiv sinken.

Sobald sie das sagte, bekamen die Schüler, die gerade geplant hatten, für Yao Yinyin zu kämpfen, kalte Füße.

Als sie sah, dass alle zustimmten und niemand sich ihr widersetzte, wuchs Xu Nings Selbstvertrauen wieder. Sie hob ihr Kinn und sagte zu Xu Ning: „Schau, die neben dir sieht aus, als käme sie aus den Slums. Als sie hereinkam, war sie Es war, als würde es den Standard kleiner Restaurants senken. "

Sobald er zu Ende gesprochen hatte, richteten alle ihre Aufmerksamkeit auf den dünnen und bemitleidenswerten Xuanyuan.

Es gibt alle Arten von Augen.

Verachtung, Mitleid, Schuld...

Xu Yuan wünschte, er könnte einen Spalt im Boden finden und hineinkriechen.

Yao Yinyin fühlte sich von ihren Klassenkameraden ein wenig bestätigt, die alle den gleichen Nachnamen wie Xu hatten. Diese Persönlichkeit war anders.

Dieser Xu Ning muss ein guter Schauspieler sein. Warum kann er nicht zur Film- und Fernsehschule gehen?

Yao Yinyin fiel es schwer, angesichts einer so mächtigen Gegnerin zu sprechen, insbesondere einer Schulschönheit mit unzähligen Unterstützern, und hatte das Gefühl, dass Xu Ning sie töten würde, wenn sie weiter redete.

Xu Ning bemerkte ihre Augen, ging an ihre Seite, kniff die Augen zusammen, senkte die Stimme und sagte:

„Ich sagte, plötzlich kam ein Transferschüler in die siebte Klasse deines zweiten Highschool-Jahres, sei nicht dreckig! Lao Lei ist wirklich verwirrt, er akzeptiert wirklich jeden! Er wird Kopfschmerzen haben, wenn er in der Prüfung null Punkte bekommt!"

Angesichts der arroganten und herrschsüchtigen Schulschönheit fühlten sich sowohl Xu Xu als auch Yao Yinyin äußerst schwach.

„Okay, lass uns nicht mit diesen beiden kleinen Mädchen streiten. Ich schätze, sie werden nie in ihrem Leben die Gelegenheit haben, in dem kleinen Restaurant zu essen. Wie wäre es, wenn ich später ein paar Reste für dich einpacke?"

Xu Ning lächelte charmant, aber seine Augen waren voller Spott und Bosheit.

Xu Yuan wusste, dass diese Schwester grausam war, aber er wusste nicht, dass sie so gemein war! Wie beleidigend!

„Du!" Sie nahm all ihren Mut zusammen, ihr Gesicht wurde rot und sie wollte gegen sie kämpfen.

„Ich, was bin ich? Du bist ein Landmensch und schaust nicht einmal darauf, wie viel du wiegst. Wie kannst du hierher kommen?" Xu Ning senkte seinen Kopf und hielt ihn nah an Xu Yuans Ohr ihn, aber Xu Yuan fühlte sich nur krank.

Sie hob den Blick, um Xu Ning anzusehen, ihre klaren Augen voller Wut.

Der Atem bleibt in meiner Brust hängen und sie ist

kurz davor zu explodieren!

Wie konnte es so einen ekelhaften Menschen geben!

Sie wollte sie unbedingt verprügeln!

Ahhhh!!

Sich etwas zu wünschen ist verrückt.

„Wünsch dir was, was kannst du mit mir machen? Schlag mich? Du bist der Verlierer. Wer wird auf deiner Seite sein? Lass mich raten, ist es Yao Yinyin, der so dumm ist wie du? "

Xu Ning sah gern ihren geduldigen, genervten, aber hilflosen Blick. Sie berührte das Haar neben Xu Wans Ohr und flüsterte:

„Arme Menschen verdienen es nur, für immer im Graben zu bleiben. Selbst wenn sie herausschwimmen, werden sie nur von spuckenden Sternen ertrinken! "

Es war eine Weile still.

Dieser Satz wird unendlich erweitert.

„Halt die Klappe! " Plötzlich schien der große Kerl vor ihm endlich aufgewacht zu sein und ging mit zwei langen Beinen auf diese Seite zu.

Zhou Yubai hatte ein sanftes Temperament und zeigte selten solche Wut. Xu Ning war erschrocken und sah ihn betrübt an, aber er sah sie nicht einmal an.

Der junge Mann sah Xu Wish auf den ersten Blick in der Menge. Die klaren und leuchtenden Augen des Mädchens waren voller Tränen, als ob ihr großes Unrecht widerfahren wäre.

Verdammt, die Person, die er schließlich mit

Feuerwerkskörpern überreden konnte, wurde von dieser seltsamen und irritierenden Person in seinen ursprünglichen Zustand zurückgebracht?

Kapitel 7 Weiße Iris

Zhou Yubai gab zu, dass er in den Augen der Außenwelt hervorragende Noten und ein sanftes Wesen hat, aber das bedeutet nicht, dass er in seinem Herzen ein so sanfter Mensch ist.

Jeder hat zwei Seiten und Zhou Yubai ist keine Ausnahme.

Die eine Seite ist elegant und sanft, die andere Seite ist kalt und rücksichtslos.

Der junge Mann stand in der Menge, groß und aufrecht, wie eine stolze Pappel. Zhou Yubai war schon immer einer der besten Schüler in verschiedenen Fächern, aber nicht viele Menschen kennen ihn wirklich und kommen mit ihm in Kontakt. Er ist wie eine Blume, die auf der Klippe blüht, und niemand wagt es, sie zu pflücken wagt es, seine rebellische Natur zu berühren.

„Yu Bai…" Liang Yi betrachtete die Gleichgültigkeit in seinem Gesicht, dann die hervortretenden Adern an seinen Schläfen und hielt sich hilflos die Stirn.

Das war's, der große Kerl begann, seine Macht zu entfesseln.

Nachdem er sich seit vielen Jahren kannte, kannte er Zhou Yubai immer noch einigermaßen. Er blickte die stolze und schöne Schulschönheit mitfühlend an und betete im Stillen für sie.

Zhou Yubai ignorierte Liang Yi und ging direkt auf Xu Yuan zu.

"Geht es dir gut?"

Die klare und magnetische Stimme des jungen Mannes erklang und Xu Yuan hob den Blick, um ihn anzusehen.

Ihre Blicke trafen sich und sie sah einen Funken Wärme in den Augen des jungen Mannes.

Xu Yuan kannte Zhou Yubai eigentlich nicht. Die beiden waren nur Bekannte und hatten noch nicht einmal ein paar formelle Worte gewechselt.

Natürlich glaubte sie nicht, dass Zhou Yubai nur für sie gekommen war.

„Mir geht es gut···", sagte Xu Yuan, nur um zu spüren, dass seine Stimme etwas heiser war.

„Hier." Der Junge warf ihr eine Flasche Milch zu und blinzelte. „Ich habe sie gerade gekauft."

„Huh?" Xu Yuan nahm die Milch und war ratlos.

Die Milch behält noch die Restwärme der Hände des Jungen, die warm und klopfend ist.

„Ich schulde dir eine Flasche Milch, behandle mich einfach wie den Schuldner, oder?"

Sie öffnete den Mund und sagte Danke.

Wer hätte gedacht, dass ich, wenn ich eine Flasche Milch kaufte, eine umsonst bekam und es außerdem ein Gefallen eines großen Chefs war?

Die Lippen des Jungen hoben sich leicht, dann beugte er sich hinunter und strich ihr weiches Haar glatt.

„Hab keine Angst. "

Xu Yuan schrumpfte und hob den Kopf, um ihn vorsichtig anzusehen. Warum hatte sie das Gefühl, dass der Chef eine Katze neckte?

Sie waren von großen Teenagern umgeben, so dass nicht viele Leute die Taten des Jungen sahen.

Sanft und fürsorglich.

Zhou Yubai beschützte das Mädchen fest hinter sich, sein Blick fiel leicht auf den Anstifter und er sagte gleichgültig: „Was bedeutet die Existenz dieser Cafeteria? Ich fürchte, einige Schüler verstehen das nicht, oder? "

Xu Ning warf ihm einen schuldbewussten Blick zu, ihre roten Lippen öffneten sich leicht und sie wollte etwas sagen, aber ihr Körper erstarrte.

Es war wie ein Becken voller Wasser, das von Kopf bis Fuß auslief und es kühlte.

Der Junge trug heute ein einfaches weißes T-Shirt und eine schwarze Hose mit geradem Bein. Es war eine sehr einfache Kombination, aber die Aura, die er ausstrahlte, war voller Einschüchterung.

Xu Wan versteckte sich hinter dem Mann, und wie ein kleines Kätzchen zeigte sie leise ihren Kopf und warf einen Blick auf die Menge. Sie sah Xu Ning, der gerade arrogant gewesen war, die Stirn runzelte und Zhou Yubai zögernd ansah.

„Yu Bai… ist es nötig, so viel Aufhebens zu machen? Ich… " Xu Ning zögerte, ein wenig verlegen verspottet und spürte sofort, wie sein Gesicht rot wurde.

Zhou Yubai ignorierte sie. Er warf einen Blick in die Augen der Menge und sagte kalt und bestimmt: „Ist es nicht der Zweck dieses kleinen Restaurants, Schüler zu ermutigen und ihnen die Wärme der Nanyi High School spüren zu lassen? , wenn diese private Küche privatisiert oder gar bürokratisiert ist, wenn sie wirklich den Vorschriften der Schule folgt, wer von den Leuten hier darf dann reinkommen und essen? "

Die Worte verstummten.

Jedes Wort ist kostbar, mörderisch und herzzerreißend.

Alle starrten den großen Boss in fassungslosem Schweigen an.

Yao Yinyin hielt aufgeregt die Wunschhand und ihre Augen strahlten fast über vor Lächeln.

„Ja, normalerweise drücken wir einfach ein Auge zu. Behandeln wir uns wirklich wie eine Frühlingszwiebel? " Yao Yinyin sah arrogant zu Xu Ning auf.

„Wenn du über andere sprichst, solltest du dir nicht die Mühe machen, dich selbst anzusehen. "

„Stimmt, auf jeden, der nicht ab dem zweiten Schuljahr befördert wurde, gibt es nichts, worauf man herabsehen kann. "

Einige Leute in der Menge waren mit Xu Nings Worten gerade schon lange unzufrieden und nutzten nun die Gelegenheit, ihrem Ärger Luft zu machen.

Xu Nings Gesicht verfinsterte sich, als er diese Worte hörte.

Egal wie viel Groll sie in ihrem Herzen hatte, sie wagte es nicht, ihn vor Zhou Yubai noch einmal auszudrücken. Schließlich hatte Xu Ning Zhou Yubai viele Jahre lang gemocht, der in ihrer Jugend keinen jungen Mann hatte Sie kümmerten sich darum?

Außerdem lebte dieser junge Mann in der gleichen Villengegend wie sie und sie konnten sich nicht sehen, ohne aufzublicken.

Kinderliebe, wir kennen uns seit unserer Kindheit.

Alles ist bestimmt!

Xu Ning mochte Zhou Yubai, obwohl er etwas zu ihr sagte, dachte sie nicht anders. Hatte dieser Zhou Yubai sie erzogen?

Liegt es nicht daran, dass Sie sie erziehen, weil Sie sich um sie kümmern?

Als Xu Ning daran dachte, begann, obwohl sie sich schämte, ein weiteres Feuer in ihrem Herzen zu brennen.

Warum brauchen Sie ein Gesicht, um Ihrem Mann nachzujagen?

Wie auch immer, wir liegen bereits im Streit miteinander, also warum nicht einfach schamlos sein und es versuchen!

Xu Ning ging ordentlich an Xu Yuans Seite, nahm Xu Yuans Arm, beugte sich zu Xu Yuans Seite und flüsterte ihr sanft ins Ohr: „Yuan Yuan, meine Schwester hat dir das nur zu deinem eigenen Besten gesagt, du wirst es nicht tun die Schuld meiner Schwester? "

Diese Szene tiefer Schwesternliebe macht es den Menschen schwer, sich das Yin und Yang von Xu Ning gerade vorzustellen.

„Yuan Yuan möchte leckeres Tonic essen, oder? Komm schon, Schwester nimmt dich auf. Du kannst essen, was du willst. "

Das kalte und schlanke Handgelenk bedeckte den Wunscharm. Sie spürte nur ein Taubheitsgefühl in ihrer Kopfhaut, steife Hände und Füße und wagte nicht, sich von Xu Nings Fesseln zu befreien, aber Xu Ning hielt ihren Arm fest Er drehte sanft das weiche Fleisch an ihrem Arm und sagte mit sehr leiser Stimme: „Wenn du dich noch einmal bewegst, wirst du nie mehr zu Hause bleiben wollen. Wer weiß nicht, wie man so tut, als wäre man schwach? "

Nachdem sie dies gesagt hatte, hielt sie ihren Arm und wünschte sich etwas, und die beiden Schwestern gingen freundlich auf das kleine Restaurant zu.

Xu Wan fühlte sich äußerst unbehaglich und wollte aus dem Weg gehen, aber sie war weder so groß wie Xu Ning noch so stark wie sie. Sie konnte nur wie ein Fisch auf dem Schneidebrett sein und zulassen, dass der Mann ihr Fleisch frisst.

Als die beiden vor Zhou Yubai gingen, sah Xu Ning den jungen Mann sehr streng an und lächelte leicht: „Yu Bai, was als nächstes kommt, ist eine Familienangelegenheit zwischen mir und Xu Yuan, also lass es einfach in Ruhe! "

Nachdem sie das gesagt hatte, senkte sie den Kopf und fragte nach einem Wunsch: „Wunsch, denkst du, dass es wahr ist? "

Xu Yuan war über ihren Ausbruch so verärgert, dass sie die Beherrschung verlor und nur schwach nicken konnte: „Ja. "

Nachdem sie gesprochen hatte, hob sie den Kopf und ihre Augen kollidierten mit denen von Zhou Yubai.

Zhou Yubai steckte seine Hände in die Taschen und blickte auf das kleine Mädchen hinab, dessen Augen so rot wie ein Kaninchen waren. Aus irgendeinem Grund fühlte sich sein Herz plötzlich an, als wäre er von einer Nadel gestochen worden, und es tat weh.

Er stand da und sah still zu, wie Xu Yuan vorbeiging. Das Mädchen war sehr dünn, zusammengekauert neben Xu Ning, so klein wie ein unsicheres Kätzchen.

Gerade als er dachte, die Sache sei erledigt, ertönte plötzlich eine sehr sanfte Stimme von vorne und er hörte Xu Yuan leise sagen: „Danke, Senior. "

Etwas schien sich in seinem Herzen zu bewegen und er seufzte leicht.

„Yu Bai, lass uns gehen. Du hast heute so viel gesagt, gib Xu Ning etwas Gesicht. " Chen Chi legte seinen Arm um Zhou Yubais Schultern und zog ihn mit gesenkter Stimme hinein. „Xu Ning sagte bereits, dass es eine Familienangelegenheit sei. " . Warum interessiert es dich so sehr?"

Zhou Yubai runzelte die Stirn, betrachtete die

schrumpfende Gestalt vor ihm und zog vor Kopfschmerzen die Augenbrauen zusammen.

Das fühlt sich so verdammt schlecht an.

Obwohl er wusste, dass sie unter dem Dach eines anderen lebte und er nichts dagegen tun konnte, konnte er nicht anders, als Mitleid mit ihr zu haben.

Alle hatten Mitleid mit Xu Yuan, aber sie konnten nichts tun.

Du kannst den Himmel und die Erde kontrollieren, aber du kannst trotzdem die Häuser anderer Leute abreißen, was?

Mehrere Leute gingen zu dem kleinen Restaurant.

Die Verlegenheit, die es nicht zu verbergen gab, blühte in diesem Moment leise auf.

Yao Yinyin sah zu, wie ihre neue Klassenkameradin von Xu Nings Armen festgehalten wurde und ihren Kopf senkte, als würde sie dazu gezwungen, und sie fühlte einen erleichterten Seufzer in ihrem Herzen.

In diesem Moment blickte sie auf Xu Wish herab.

Zhou Yubai half ihr, aber sie folgte trotzdem Xu Ning.

Wie konnte sie ertragen, was Xu Ning über sie sagte?

Yao Yinyin hielt sich den Mund und war sehr wütend.

„Warum bist du wütend? Mische dich nicht in die Familienangelegenheiten anderer Leute ein. " Liang Yi ging auf sie zu und tätschelte ihren wandernden kleinen Kopf.

„Welche Familiensache? " fragte sie verwirrt.

„Wishuan ist eine Verwandte von Xu Ning. Ich weiß nicht, wie die Verwandtschaft ist. Derzeit wohnt sie in ihrem Haus und lebt unter dem Dach einer anderen Person. Was kann sie tun? "

Yao Yinyin fühlte sich unglaublich, als er das hörte: „Diese beiden Menschen haben sehr unterschiedliche Persönlichkeiten, aber sie sind tatsächlich Verwandte? "

„Nun, es ist miserabel, nicht wahr? " Auch Liang Yi seufzte: „Der sogenannte ehrliche Beamte kann sich nicht um Haushaltsangelegenheiten kümmern. Sie und ich können diese Angelegenheit nicht kontrollieren, auch Yu Bai. Yu Bai kann das sagen. " Sie, Xu Ning, kann die Grundschule nicht betreten. Es geht um das Restaurant, aber Yu Bai kann die Beziehung zwischen Xu Ning und Xu Yuan nicht kontrollieren, verstehst du? "

Yao Yinyin nickte verwirrt.

Sie war immer noch in die Beziehung zwischen Xu Ning und Xu Yuan vertieft und konnte sich nicht befreien.

Das ist keine große Sache. Sie lockerte verärgert ihre Haare.

Das zusammengebundene Haar war so eng wie ihr Herz.

Aber ihr Haar war befreit, aber ihr Herz war immer noch erhoben.

In diesem Moment wollte sie wirklich wie Liu Ruoyi sein und alles mit ihren Fäusten lösen.

Verdammt, schikaniere die Schwachen und meide die Starken, sie hat all diese Bösewichte zu Boden geschlagen.

Aber sie konnte nur an so etwas denken.

Es ist so frustrierend.

Xuanyuan aß diese Mahlzeit in sehr melancholischer Stimmung.

Zhou Yubai und Liang Yi saßen zusammen und Yao Yinyin entfernte sich allmählich von ihr. Als sie mit dem Essen fertig war, senkte sie nur den Kopf und folgte Liang Yi. Gelegentlich hob sie den Kopf, um Xu Yuan anzuschauen, schaute aber schnell weg.

Xu Yuan wusste, dass sie denken musste, sie sei ein Schwächling, und blickte sogar auf sie herab.

Aber sie konnte nichts tun.

Sie wollte in der Familie Xu bleiben und Xu Junsheng aus dem Gefängnis retten.

Sie konnte sich keinen Anwalt leisten und sie konnte nicht einmal die Reise zu Xu Junsheng bezahlen.

Sie braucht die Macht und das Geld der Familie Xu.

Umso wichtiger ist es, fleißig zu lernen und sich Wissen anzueignen.

Xuanyuan übernahm so viele Aufgaben, dass sie manchmal das Gefühl hatte, kaum atmen zu können.

Sie wollte unbedingt eine Pause machen und eine unbeschwerte Oberschülerin sein, aber die Realität zwang sie, ihren Zorn herunterzuschlucken und wie ein Idiot in der Xu-Familie zu bleiben. Nur so hatte Xu Junsheng noch einen Funken Hoffnung.

Am ersten Schultag lernte Xu Yuan eine Klassenkameradin kennen, die gern lachte, doch schon nach einer Mahlzeit verlor sie ihr Lachen wieder.

Xu Wan fühlt sich als verlorener Star.

Alles, was ihr gefällt und was ihr am Herzen liegt, wird sie verlassen.

Sie wollte einfach nichts.

Solange es Ihnen egal ist, werden Sie nicht enttäuscht sein.

Im Nachmittagsunterricht kann ein Wunsch alle Beschwerden nur vorübergehend beseitigen.

Stelle dich allem mit voller Rüstung und einem furchtlosen Geist.

Sie hat vielleicht keine Freunde und niemanden, der sie versteht, aber Wissen wird sie niemals verraten.

Kapitel 8 Weiße Iris

Nach einem Unterrichtstag wurde Xu Wan etwas schwindelig. Als der Unterricht zu Ende war, stopfte sie das Lehrbuch in ihre Schultasche und ließ etwas unberührte Milch auf dem Tisch liegen.

Xu wünschte eine Weile nachzudenken, nahm die Milch vom Tisch und trank sie.

Die Milch schmeckte überraschend gut, sie hatte diese Marke noch nie zuvor getrunken, aber sie fand sie erfrischend und süß, und sie befeuchtete ihren Hals.

Ein klares Gesicht blitzte in seinem Kopf auf und in seinen Augen lag ein Hauch von Wärme, als er sie ansah.

Xu Yuan festigte ihre Finger und hielt die Milchflasche fest.

Die letzte Klasse war eine sehr gehirnintensive Klasse ausgezeichnet, aber sie waren nicht so gut wie die der Nanyi High School.

Die Lehrmittel hier sind umfangreich und auch die gestellten Fragen sind sehr tiefgründig, zumindest etwas schwierig für heutige Wünsche.

Nachdem sie die Milch getrunken und sich etwas gewünscht hatten, verschwanden alle Schüler im Klassenzimmer.

Er stand auf, aber seine Finger umklammerten fest den Riemen seiner Schultasche.

Nachdem sie heute Mittag so unterwegs war, würde Xu Ning ihr bestimmt nicht gut stehen, wenn sie abends nach Hause ging.

Xu Yuan streckte seinen Arm aus und betrachtete die Stelle, an der er eingeklemmt wurde. Es gab einige rote Flecken, aber sie waren nicht offensichtlich.

Sie wusste, was Xu Ning dachte, und sie mochte Zhou Yubai.

Zhou Yubais Blick fiel auf die leere Milchflasche. Nachdem sie darüber nachgedacht hatte, konnte sie es sich nicht leisten, ihn zu beleidigen.

Obwohl ich es absolut nicht wollte, wünschte ich mir, die Angst in meinem Herzen zu unterdrücken und ging hinaus.

Von der Schule nach Hause zu kommen ist eine sehr glückliche Sache.

Früher war es dasselbe, wenn man sich etwas

wünschte.

Aber in diesem Moment waren ihre Füße schwer wie Blei, wenn sie daran dachte, zur Familie Xu zurückzukehren und sich ihrer gleichgültigen Familie zu stellen.

Als er zur Tür des Klassenzimmers ging, traf er Lei Tao, der nicht weit entfernt mit einem Bündel Prüfungspapiere in der Hand ging. Als er Xu Wish sah, blieb er stehen und sagte: „Klassenkamerad Xu, bist du noch daran gewöhnt? " "

Xuanyuan nickte. „Es ist okay. "

„Fragen Sie Ihre Klassenkameraden, wenn Sie etwas nicht verstehen. "

„Okay. " Nachdem er das gesagt hatte, wünschte er sich etwas und sah dem Mann nach.

Als Xu Yuan zur Ecke ging, sah er Zhou Yubai mit den Händen in den Hosentaschen, gefolgt von einer Gruppe Brüder, langsam die Treppe hinuntergehen.

Mit dieser Haltung weiß ich nicht, ob die Leute, die kämpfen würden, alle große Teenager waren. Ich weiß wirklich nicht, mit welchen Beinen die Leute in der Stadt aufgewachsen sind, und das konnten sie jemanden wegschmeißen.

Xu Yuan blieb hastig stehen, trat zur Seite und wartete gehorsam darauf, dass diese Leute gingen.

Zhou Yubai warf ihr einen Blick zu. Das kleine Mädchen sah sie ausdruckslos an, in der Hand die leere Milchflasche, die er für sie gekauft hatte.

„Nach Hause gehen? " Der junge Mann blieb stehen und sah sie an.

Xuyuan blieb stehen und nickte: „Ja. "

„Sie gehen nicht in die Bibliothek? Viele Schüler Ihrer Klasse gehen wahrscheinlich in die Bibliothek, um alleine zu lernen. "

Der junge Mann sah sie mit gleichgültigen Augen und ohne Emotionen an, aber Xu Yuan wusste, dass er gute Absichten hatte. Vielleicht konnte er erkennen, dass sie nicht nach Hause wollte.

Xuanyuan wollte auch in die Bibliothek gehen, kam aber nachts sehr spät nach Hause und musste zu Fuß nach Hause. Als das Mädchen darüber nachdachte, schüttelte es den Kopf: „Danke, Senior, ich gehe. " heim."

Zhou Yubai nickte, stellte keine weiteren Fragen, beschleunigte seine Schritte und ging langsam die Treppe hinunter.

Chen Chis neckende Stimme ertönte neben ihm: „Yu Bai, kommt es selten vor, dass du dich um andere kümmerst? "

Zhou Yubai lächelte und sagte: „Es ist gut, sich um Schüler zu kümmern, die gelegentlich Hilfe brauchen. "

Die Brüder um ihn herum hatten alle gesehen, wie besonders Zhou Yubai für dieses kleine Mädchen war, und sie sagten nur scherzhaft: „Seit wann interessierst du dich für diesen kleinen Kohl? "

„Kleiner Kohl? " Zhou Yubai hörte einen anderen

Spitznamen für Miss Perserkatze.

Chen Chi nickte. „Sobald ich sie sah, dachte ich an das Lied Xiao Baicai, der Boden ist gelb··· "

Chen Chi blieb stehen, seufzte, stieß Zhou Yubai in den Arm und sah ihn an: „Verstehst du? Es ist das Bild eines unschuldigen, armen Mädchens vom Land. Oh, es ist so elend. "

„Ich verstehe auch, warum du ihr geholfen hast. Wenn du willst, werde ich diesem armen Mädchen helfen, aber die Person, die ihr wehgetan hat, ist Xu Ning. Du kennst Xu Ning, die Schulschönheit unserer Nanyi High School, die ich mag. " "

Nachdem Chen Chi zu Ende gesprochen hatte, klopfte er seinem Bruder hilflos auf die Schulter, bog um eine Ecke, ging zu einem leeren Platz, holte eine Zigarette heraus und jemand zündete ihm sofort ein Feuerzeug an.

Als der Rauch die Luft erfüllte, sah Chen Chi Zhou Yubai schweren Herzens an: „Yu Bai, diese Person ist Xu Ning. "

Er nahm einen Zug von der Zigarette und zog die Augenbrauen hoch. „Tu ihr das das nächste Mal nicht an. Ich weiß, dass jeder, der ein so schwaches und erbärmliches Mädchen sieht, helfen möchte, aber Yu Bai, du kennst das, Xu Ning mag dich, rede nicht mit ihr. Sie hat es getan.

Zhou Yubai blieb stumm. Er sah Chen Chi gleichgültig an, mit einem Anflug von Spott im Mundwinkel.

Zu diesem Zeitpunkt strahlte der gutaussehende junge Mann Kälte aus. Er ging auf Chen Chi zu, nahm die Zigarette aus seinem Mund und warf sie auf den Boden.

Chen Chi wurde unruhig, stand auf, sah den größeren Mann an, runzelte die Stirn und sagte: „Yu Bai, was machst du? "

Zhou Yubais große und schlanke Gestalt stieg mit ruhigem Gesicht und leicht geöffneten dünnen Lippen über die Zigarettenkippe und im nächsten Moment fluchte er: „Idiot! "

Nachdem er gesprochen hatte, drehte er sich um und ging.

Chen Chi blieb, wo er war, wahrscheinlich weil er von Zhou Yubai beschimpft wurde, und fühlte sich ein wenig unglücklich. Als er sich umdrehte, sah er, wie die Brüder über ihn lachten.

Plötzlich erhob er seine Stimme und sagte unzufrieden: „Warum lachst du? "

Die Brüder ignorierten ihn, schüttelten den Kopf und gingen an ihm vorbei.

Am Ende ging Liang Yi. Er klopfte Chen Chi auf die Schulter und sagte mit tiefer Stimme: „Chen Chi, denk manchmal nicht, dass du seine persönlichen Angelegenheiten diktieren kannst, nur weil Yu Bai dein Bruder ist. "

Chen Chis großer Rücken erstarrte. Wie konnte er diese Worte hören? - Chen Chi, glaube nicht, dass Yu Bai dich wie einen Bruder behandelt, aber du behandelst dich wirklich wie eine Frühlingszwiebel.

Als Xu Wan nach Hause zurückkehrte, erfuhr sie, dass Wen Rong und Xu Zhenhai zu einer Dinnerparty gegangen waren und nur Xu Ning zu Hause war.

Xu Ning war heute besonders ruhig und sah lautlos fern. Als sie Xu Ning zurückkommen sah, hob sie nur die Augen, senkte dann den Blick und schaute weiter.

Xu Wan zog Hausschuhe an und wollte nach oben gehen, um ihre Hausaufgaben zu machen, wurde aber von Xu Ning aufgehalten.

Sie blieb stehen und drehte sich um. „Was ist los?"

Als ich nach Hause kam, war ich etwas schüchtern, aber jetzt, wo ich beschlossen habe, mir etwas zu wünschen, bin ich nicht mehr so nervös.

Xu Ning blickte sie leicht an, dann richtete sie ihren Blick plötzlich auf den Wunscharm. Sie hielt inne und sagte nichts.

Nach langer Zeit wollte Xu Wan nicht länger warten. Gerade als er sich umdrehen wollte, hörte er Xu Ning sagen: „Auf dem Tisch liegen Früchte."

Xu Wan vermutete, dass sie falsch gehört hatte, schließlich wollte sie sie mittags erwürgen und vertreiben.

Xu Wan dachte eine Weile nach und ging dann zum Sofa, als sie eine umwerfende Auswahl an Früchten auf dem Tisch sah.

„Keine Sorge, es ist nicht vergiftet."

Xu Ning hob den Blick, um Xu Wishs Zögern zu

sehen, klopfte auf die Sofakante und sagte: „Komm und setz dich."

Xu Ning hatte keine Ahnung, was Xu Ning tat. Sie zog den Riemen ihrer Schultasche fest und sah nervös aus. Sie ging zum Sofa und setzte sich, ohne es zu wagen, ihren Hintern vollständig darin zu versenken.

Dies war das erste Mal, dass Xu Yuan auf dem Sofa der Familie Xu saß. Es war weich und sehr bequem.

„Wie geht es dir in der Schule?" Xu Ning nahm einen frischen Apfel und reichte ihn Xu Wan.

Sie kam früh zurück, hatte ihre Schuluniform ausgezogen und ein weißes Nachthemd angezogen. Sie lag auf dem Sofa, ihre Beine ragten unter dem Nachthemd hervor.

Dies war das erste Mal, dass die beiden friedlich zusammenlebten. Es war das erste Mal, dass Xu Yuan mit ihrer Schwester auf demselben Sofa saß, ihrer Stimme lauschte und ihren Duft roch. Es fühlte sich ein wenig wie ein Traum an.

Obwohl sie das Gefühl hatte, dass dies Xu Nings sanfte Falle war, war sie dennoch ein wenig bewegt.

„Es ist okay." Xu Yuan blinzelte, nahm schnell den Apfel und dankte ihr und sah sie danach nicht mehr an.

„Ich werde dich in Zukunft nicht mehr schikanieren." Xu Ning biss in den Apfel und sagte leise.

Xu Yuan hob den Blick und sah sie mit schüchternen Augen an.

Xu Ning lag auf dem Sofa und kaute langsam Äpfel.

Sie sah aus wie Xu Zhenhai, mit strahlenden Gesichtszügen, wie eine stolz blühende Rose, und sie war so schön, dass es einem das Herz höher schlagen ließ.

„Aber ich werde auch nicht nett zu dir sein. " sagte Xu Ning noch einmal.

„Halten Sie sich außerdem von Yu Bai fern. "

Xu Wan dachte, dass sie das sagen wollte, und ihre Hand, die den Apfel hielt, konnte nicht anders, als sich festzuziehen. Der Apfel in ihrer Hand war völlig kalt.

Sie sah zu Xu Ning auf und sah, dass ihr Blick auf sie gerichtet war, und Xu Wan konnte nicht anders, als zurückzuschrecken.

„Ich habe gesehen, wie er dir heute eine Flasche Milch kaufte und deinen Kopf berührte. "

„Glaube nicht, dass er etwas Besonderes für dich ist. "

„Chen Chi sagte, dass er nur deshalb gut zu dir ist, weil du so erbärmlich bist, wie ein Waisenkind in Xiaobaicai. Seine Freundlichkeit zu dir ist, als würde er Bettlern am Straßenrand Almosen geben. "

„Also. " Xu Ning legte den Apfel weg und hob arrogant und gleichgültig das Kinn.

„Iss mehr und tu nicht so, als ob unsere Familie dich missbrauchen würde. "

Xu Wan konnte nicht sagen, was sie gerade empfand, also legte sie den Apfel weg, ohne hineinzubeißen.

Dann stand er auf und ging schweigend.

Xu Ning hatte beendet, was sie sagen wollte, und hielt sie nicht mehr auf.

Sie warf einen verächtlichen Blick auf die zarte Gestalt, die sich immer weiter entfernte, und im Licht sah sie tatsächlich einsam und erbärmlich aus.

Ohne viel nachzudenken, nahm sie die Fernbedienung und drehte die Lautstärke des Fernsehers auf.

Der Ton des Fernsehers war sehr laut, was mein Wunschdenken störte.

——Seine Freundlichkeit zu dir ist, als würde er einem Bettler am Straßenrand Almosen geben.

——Er behandelt dich gut, nur weil du so erbärmlich bist, wie eine Waise im Kohlkopf.

Tränen liefen von der Spitze ihrer schönen, geraden Nase bis zu ihrem Mundwinkel. Sie waren salzig.

Man sagt, dass menschliche Tränen einen süßen Geschmack haben, während Tränen der Trauer und Hilflosigkeit salzig sind.

Sich etwas zu wünschen ist jetzt sehr traurig.

Sie wusste es offensichtlich, aber als Xu Ning die Wahrheit sagte, war sie ein wenig traurig.

Tatsächlich wissen es andere nicht, aber sie selbst weiß es.

Zhou Yubais Auftritt war für sie wie ein Lichtstrahl und ein strahlendes Feuerwerk.

Aber ob Licht oder Feuerwerk, ihr Glanz ist nicht von kurzer Dauer, genau wie Zhou Yubai, und sie kann sie auch nicht für immer beschützen.

Xu Wan drückte langsam die Tür auf und nahm müde seine Schultasche ab.

Der Schulranzen war so schwer, dass sie nicht atmen konnte.

Xu Yuan holte das alte, schäbige kleine Ding aus ihrer Tasche. Es war ein gebrauchtes Ding, das Xu Junsheng für sie gekauft hatte. Es war sehr schäbig, aber sie schätzte es immer noch.

Sobald ich das Telefon einschaltete, strömten mir SMS-Nachrichten entgegen.

Viele Junk-SMS, aber einige, die sie braucht.

Unter anderem brachte die von Zhou Shu gesendete Textnachricht ihre Augen zum Leuchten.

Zhou Shu ist ein Polizist, der wenig redet, obwohl er gerade erst sein Amt angetreten hat. Er hat ihr geholfen, das Recht zu bekommen, ihren Vater zu besuchen.

Aber das war einen Monat später.

Zhou Shu sagte, dass er in einem Monat mit Xu Yuan gehen würde.

Sobald sie sich etwas wünschte, fühlte sie sich, als wäre sie lebendig. Sie wischte sich die Tränen weg und der Dunst in ihrem Herzen löste sich sofort auf.

Sie muss fleißig lernen und darf ihren Vater nicht beunruhigen. Sie ist sein Stolz.

Das Mädchen kicherte, holte ihr Hausaufgabenheft heraus und begann einen langen Kampf auf dem Meer der Fragen.

Als die Tür klopfte, hatte ich noch einige unerfüllte Wünsche.

Die Nanyi High School ist in der Tat eine berühmte Schule und alle gestellten Fragen stellen eine Herausforderung für sie dar.

„Kleines Fräulein, es ist Zeit zum Essen. " Es war Tante Fens Stimme.

Machen Sie einen Wunsch und legen Sie schnell Ihren Stift weg.

Sie hatte gerade eine Matheaufgabe gelöst und die Sonne schien hell in ihrem Herzen. Sie öffnete die Tür und sah Tante Fen an der Tür stehen und sie anlächeln: „Kleines Fräulein, meine Frau und mein Mann sind heute nicht zu Hause. Es ist ein Etwas früher zum Abendessen, wenn du abends Bauchschmerzen hast. Wenn du hungrig bist, bereite ich einen Nachtisch für dich vor. "

Xuanyuan nickte und sagte: „Danke. "

Tante Fen mochte dieses dünne und wohlerzogene Mädchen sehr. Sie schloss die Tür, schaute in das Gesicht des kleinen Mädchens und fragte sanft: „Gewöhnst du dich immer noch an das Leben in der Nanyi High School? "

„Es ist okay. " Sie sagte die Wahrheit.

Sie mag die Lernatmosphäre der Nanyi High School und das starke Lehrpersonal hier.

„Haben Sie sich entschieden, auf welche Universität Sie gehen möchten? " fragte Tante Fen plötzlich.

Xuanyuan dachte einen Moment nach und nickte.

Sie mochte Xu Junsheng tagsüber sehr gerne, aber nachts war er so müde, dass er einfach nur einschlafen wollte.

Wenn Sie den Wunsch sehen, können Sie seine Schultern und seinen Kopf drücken.

Xu Junsheng sagte, sie sei äußerst talentiert.

Zu diesem Zeitpunkt hatte Xu Junsheng noch keinen Autounfall gehabt und seine Worte hatten einen gelehrten Charakter.

Damals wünschte ich mir, dass sie in Zukunft Ärztin werden würde und dass es großartig wäre, Leben zu retten, Verwundete zu heilen und der Welt durch das Aufhängen von Töpfen zu helfen.

„Wenn du darüber nachdenkst, dann arbeite hart. Es war immer schade, dass meine Tante die Aufnahmeprüfung für das College nie bestanden hat! "

„Tante Fen geht es jetzt gut. Sie lebt in einer Villa und fährt in einem Luxusauto ", sagte Xu Yuan ernst.

„Es ist schön, in einer Villa zu leben und jeden Tag Luxusautos zu haben, aber sie gehören alle anderen Menschen. "

Irgendwie konnte Xu Yuan nicht anders, als daran zu denken, wie Zhou Yubai nachmittags ihr Haar wie eine Katze streichelte.

Kapitel 9 Weiße Iris

Dieser Junge brach wie ein Licht in ihr Leben ein und brachte Wärme, Licht und Hoffnung.

Aber das Licht scheint in die Dunkelheit, aber die

Dunkelheit kann das Licht nicht annehmen.

Das Licht offenbart ihre Schwäche, ihre Gier, ihre Hilflosigkeit und ihre Minderwertigkeit.

Flucht.

Wenn man sich etwas wünscht, möchte man dem Licht und der Hoffnung entfliehen.

Sie hatte Angst, dass sie nie wieder ohne Licht leben könnte.

Sie wollte nicht dem Licht ausgesetzt werden.

Sie erinnerte sich noch einmal an die Szene während des Tages.

Die Cafeteria war überfüllt, und der junge Mann beugte sich wie eine Zeder vor ihr nieder, hob leicht die Mundwinkel und strich ihr Haar glatt.

Er sagte: „Hab keine Angst."

Xuanyuan hat noch nie eine solche Zärtlichkeit gespürt.

Es war vorbei, sie war ein wenig gierig nach dem Licht.

Irgendwie hallte ein Satz in meinem Kopf wider: „Warst du jemals gierig nach Zärtlichkeit?"

Xu Yuan schürzte die Lippen und hielt die Rolltreppe fest, aber ihre Erinnerung wanderte zu diesem Sommer.

Es war eine sehr heiße und ungestüme Nacht, Xu Junsheng war sehr heiß und stickig und Xu Junsheng war noch nicht von der Arbeit gekommen. Sie breitete die Matte im Hof aus, schöpfte eine Schüssel mit Wasser heraus, stellte sie auf den Boden und schaltete sich ein das Radio, und nachdem er das alles getan hatte, legte sich Xu Junsheng auf die Matte und schaute in den Himmel.

Sterne füllten den Nachthimmel, und Sternschnuppen huschten darüber und erhellten den gesamten Nachthimmel.

Das Geräusch von Elektrizität zischte, und dann ertönte eine sanfte Frauenstimme: Lieber Zuhörer, waren Sie jemals gierig nach Sanftheit? Haben Sie jemals Gefallen an der Bevorzugung gefunden? Obwohl ich es gewohnt bin, allein zu sein, warum sehne ich mich immer noch nach Zärtlichkeit und Bevorzugung?

Was mich an der Wunschäußerung am meisten beeindruckte, war der Satz der Radiomoderatorin: „Menschen brauchen Liebe, Menschen können nicht ohne Liebe leben, und Menschen werden sich immer der Zärtlichkeit und Bevorzugung hingeben. "

Xu Yuan verstand damals die Bedeutung dieses Satzes nicht und ist auch heute noch etwas verwirrt.

Wahrscheinlich wird sie in ihrem Leben nie auf Zärtlichkeit und Vorliebe stoßen.

Sie ist im Studium immer noch zuverlässig und wird sich immer der Sanftheit und Vorliebe der Prüfungsarbeit unterwerfen.

In einer Nacht Anfang September, weder lästig noch langweilig, weder warm noch heiß, mit der Kühle des Herbstes, wünschte ich mir, die Treppe hinunterzugehen und mich ins Wohnzimmer zu setzen.

Xu Ning saß ihr gegenüber und neben ihr schälte eine Tante Garnelen für sie.

Als sie sah, wie Xu Yuan die Treppe herunterkam, hob sie leicht den Blick, nahm die Stäbchen, nahm ein Stück Rippchen, legte es in die Schüssel und begann, langsam daran zu kauen.

„Miss, gefällt Ihnen das Abendessen? " Tante Fen ging auf sie zu und schälte die Garnelen für sie.

„Diese Rippchen sind ein bisschen salzig. " Xu Ning runzelte die Stirn.

„Über die Küchentante rede ich später. Die Köchin hat heute Urlaub. Meine Frau hat nur diese Küchentante gefunden, erklärt. "

„Was denkst du, kleines Fräulein? " Tante Fen richtete ihren Blick auf Wish.

Zärtlichkeit und Vorfreude.

Wishings Blick fiel auf die geschmorten Schweinerippchen. Die rote Suppe war auf die Schweinerippchen gestreut und die Frühlingszwiebeln waren mit roten Punkten versehen, wodurch sie weniger fettig aussahen.

Xu Wan nahm ein Stück Rippchen, biss hinein und nickte: „Es ist köstlich. "

Sie kannte den Geschmack von Xu Ning nicht, aber für sie war es ganz nach ihrem Geschmack.

Sie isst nur am liebsten Schweinerippchensuppe, Baihuahuas Brühe, mit einigen Beilagen, Sauerkraut und dergleichen, duftend und salzig muss es sein.

Sie hatte noch nie Sauerkraut und

Schweinerippchensuppe gegessen, aber die Mathematiklehrerin an der April High School kam aus dem Nordosten und erzählte ihnen oft von der Köstlichkeit der nordöstlichen Küche.

Xu Wan mag die Suppe mit eingelegtem Kohl und Schweinerippchen am liebsten. Der Mathematiklehrer sagte, sie sei sehr verlockend, die Suppe sei weiß und blumig und mit gehackten Frühlingszwiebeln bestreut.

Er sagte, es sei der Geschmack seiner Heimatstadt.

Es ist ein Geschmack, der sich tief in die Knochen einprägt.

Heimatort.

Der Wunsch war fassungslos.

Sie hatte Heimweh.

„Tante Fen, warum fragst du sie? Sie kommt vom Land und kann nicht einmal genug essen. Was für einen Geschmack kann sie schmecken?" Xu Ning war unglücklich, legte ihre Stäbchen weg, hob den Kopf und starrte Xu Wan an gleichgültig.

Machen Sie einen Wunsch und senken Sie schnell den Kopf, um Tomatensuppe zu trinken.

„Fräulein, bitte streiten Sie nicht mit der kleinen Fräulein. Kommen Sie und probieren Sie das geschnetzelte Schweinefleisch mit Fischgeschmack von Tante Fen. Ist das nicht Ihr Lieblingsgericht? Tante Fen hatte Angst, dass Sie nicht an die Gerichte des neuen Chefkochs gewöhnt sein würden Gerichte, also hat sie es speziell für Sie gekocht. Ein kleiner Herd.

Tante Fen nahm die Essstäbchen neben sich,

bückte sich, um etwas Gemüse zu pflücken und legte es in die leere Schüssel neben Xu Ning.

Xu Ning sah, dass noch mehr ihrer Lieblingsgerichte in der Schüssel waren und hatte sofort nicht die Absicht, sich etwas zu wünschen.

Xu Wan war überrascht über die Geschwindigkeit, mit der Xu Ning ihren Gesichtsausdruck veränderte, und auch schockiert über die Rücksichtnahme von Tante Fen. Es war wirklich erstaunlich, wie sie die verwöhnte junge Dame mit nur wenigen Worten zum Lächeln bringen konnte.

Es ist kein Wunder, dass nach so vielen Jahren der Arbeit in der Xu-Familie alle anderen längst weggelaufen wären, weil sie das Temperament des jungen Meisters und der jungen Dame nicht ertragen konnten.

Xu wünschte, er müsste die lächelnde Tante noch einmal ansehen.

Sie ist so ein guter Mensch!

Tante Fen stand auf und lächelte Xu benommen an.

Er wünschte, die Überraschung in seinem Herzen zu verbergen, senkte hastig den Kopf und kaute das grüne Gemüse in seinem Mund.

Nach dem Abendessen, als Tante Fen das Geschirr abräumte, erinnerte sie Xu Ning sanft daran, dass sie und Xu Ning draußen spazieren gehen könnten, um Essen zu beseitigen und die Verdauung zu fördern.

Xu Ning wischte sich den Mund ab, stand auf und

schnaubte: „Ich werde nicht mit ihr gehen. "

Nachdem sie das gesagt hatte, nahm sie ihren Mantel und ging zur Tür hinaus.

„Miss, ich schätze, sie ist mit ihren Freunden spielen gegangen. " erklärte Tante Fen.

Während dieser Mahlzeit aß Xu Wan ziemlich viel und fühlte sich offensichtlich etwas aufgebläht. Nachdem sie darüber nachgedacht hatte, ging sie trotzdem aus.

Da sie nichts zu tun hatte, sah sie ein paar alte Leute auf schwarzen Klappstühlen sitzen und angeln. Die alten Leute trugen Lichter auf dem Kopf und hielten den Atem an damit der Fisch anbeißt.

Der Mond steht hoch am Himmel, der See ist still wie ein Spiegel, funkelnd und wunderschön.

Nach einer Weile weiteten sich die Augen eines der alten Männer und er zog die Angelrute hinter sich her.

„Hier scheint ein großer Fisch herüberzukommen! " Der alte Mann lächelte und seine Hände wurden stärker.

Xu Wan stand am Rand und beobachtete den Fisch. Als er sah, dass der Fisch im Begriff war, den Köder zu schlucken, wurde er interessiert und folgte ihm eilig und hielt den Atem an.

„Es kommt, es kommt! " sagte der alte Mann voller Freude, und dann zog er kräftig und ein Fisch tauchte auf.

„Dieser Fisch ist wirklich groß! ", rief der alte Mann neben ihm.

„Ja! " Das Lächeln im Mundwinkel des alten Mannes wurde immer größer, er war überrascht und begierig. Das war der größte Fisch, den er jemals gesehen hatte, seit er diesen Fisch gefangen hatte und es nach Hause gebracht, in Sojasauce geschmort und etwas Wein getrunken, ist das nicht gemächlich?

Wenn ich so darüber nachdenke, fühle ich mich glücklich.

Er stand direkt auf.

Das Mondlicht scheint auf das Seeufer und beleuchtet deutlich mehrere Fußspuren am Seeufer. Es ist nass und viele Gräser sind zertrampelt.

Mit scharfen Augen sah Xu Wan die rutschige Oberfläche des Sees und flüsterte: „Pass auf, wohin du trittst! "

„Woher kommt das kleine Mädchen? Opa, ich angele schon seit vielen Jahren und habe viel Erfahrung. Der alte Mann hat seinen eigenen Stolz und wird von den Jungen umsorgt. " Vor so vielen alten Freunden möchte er sein Gesicht wahren.

Xu Yuan schmollte und fühlte sich ein wenig gekränkt.

Ihre Beine schmerzten vom langen Stehen ein wenig, also hockte sie sich hin und stützte ihr Kinn in die Hände, während sie darauf wartete, dass der Fisch den Köder annahm.

„Dieser Fisch ist wirklich schwer. " Der alte Mann versuchte sein Bestes, um den Fisch zu füttern, aber es war immer noch schwierig.

„Du solltest vorsichtig sein. " Xu Yuan betrachtete seine zittrige Gestalt und war ein wenig besorgt.

Der alte Mann ignorierte sie und starrte nur auf die Beute vor ihm.

Der Fisch war so groß und schwer, dass Xu Yuan keine Ahnung hatte, was der Fisch zum Erwachsenwerden aß.

Leider war der Fisch ziemlich stark und der alte Mann war etwas nervös. Der See war rutschig und der alte Mann achtete nicht auf seine Füße und fiel ebenfalls in den See.

Es war lediglich ein „Plopp "-Geräusch zu hören und auf der ruhigen Seeoberfläche bildete sich eine Welle.

Xu Yuan erschrak und rannte hinüber.

Ich sah den alten Mann im See „pochen " und „Hilfe " rufen.

Xu Yuan konnte nicht schwimmen und war sofort etwas ungeduldig. Es wäre besser gewesen, wenn sie darauf bestanden hätte, ihn gleich daran zu erinnern.

„Du! Rette mich! " schrie der alte Mann mit aller Kraft. Der alte Mann neben ihm stand nur auf und sagte ängstlich, was er tun sollte, aber niemand sprang in den Fluss, um Menschen zu retten.

Der See ist so tief, dass niemand den Mut hat, hineinzuspringen.

Xu Yuan war so besorgt wie eine Heuschrecke auf einem heißen Topf. Sie brachte ihr Mobiltelefon nicht mit, also rannte sie sofort zum See und rief: „Wer von euch hat ein Mobiltelefon? Rufen Sie an. Ich rufe jemanden an. " !"

„Geh schnell, geh schnell, das kleine Mädchen hat einen flexiblen Körper und kann schnell rennen. Geh und ruf jemanden an! "

Xu wünschte nickte, drehte sich zu dem alten Mann um, der im See kämpfte, biss die Zähne zusammen und drehte sich um, um zu gehen.

Sie rannte so schnell, dass sie fast jemanden am Straßenrand getroffen hätte.

Als Xu Wan an dieser Person vorbeiging, leuchteten seine Augen auf und er packte den Passanten an den Schultern.

Solide und kraftvoll.

Auf den ersten Blick sieht er aus wie ein starker Mann.

Keuchend und stark schwitzend blieb sie vor dem Mann stehen und sagte mit Tränen in den Augen: „Bitte retten Sie diese Person. "

Zhou Yubai blieb stehen und nahm seine Kopfhörer ab. „Wünsch dir etwas? "

Als Xu Yuan eine vertraute Stimme hörte, fühlte sie sich, als wäre sie einem Engel begegnet. Sie war so aufgeregt, dass ihre Tränen herunterliefen: „Zhou Yubai, ein alter Mann ist in den Fluss gefallen. "

Außerdem trug sie eine blaue Schuluniform, im

einfachsten Stil, die an ihrem Körper unbeschreiblich klein und süß aussah.

Das schöne Gesicht war im Moment gerötet und die langen Wimpern waren nass, was äußerst bedauerlich war.

„Keine Panik, bring mich dorthin. " sagte Zhou Yubai ruhig.

Xu Wan war von seiner Ruhe und Gelassenheit angesteckt und entspannte sich allmählich.

„Ich war gerade mit dem Essen fertig und langweilte mich ein wenig. Als ich spazieren ging, sah ich ein paar alte Leute beim Angeln. Ich habe ihnen nur eine Weile zugeschaut, aber plötzlich fiel einer von ihnen hinein. "

Sie sah panisch aus, ihre Nase war rot und ihre Stimme weinte.

Die beiden kamen bald am See an. Der alte Mann planschte immer noch im See. Zum Glück schnappte er sich das Treibholz und schwamm darauf.

Nachdem er den alten Mann angesehen hatte, hatte Zhou Yubai eine Idee.

Er warf einen Blick auf das schluchzende Mädchen und seine Augen blitzten.

„Du bist großartig, ich bin hier, um Menschen zu retten. " Zhou Yubai bückte sich, holte einen Lutscher aus seiner Hosentasche und reichte ihn ihr lächelnd wie ein Kind. „Bleib beiseite und ich bin gleich wieder da. "
"

Im Mondlicht waren die Haare des Jungen vom

Wind zerzaust, wahrscheinlich weil er gerade mit dem Laufen fertig war, und auf seiner Stirn stand Schweiß.

Seine Augen waren ruhig und ruhig, als ob alles nur eine Wolke vor ihm wäre.

Xu Wan weinte und nickte und schluckte: „Du bist groß, ich werde auf dich hören. "

Zhou Yubai nahm seine Kopfhörer ab, zog seine weißen Turnschuhe aus, legte sein Telefon neben sich, drehte sich um und ging in Richtung See.

In diesem Moment wehte eine Brise und am ganzen Körper von Xu Wan bildete sich eine Gänsehaut.

Die große und große Gestalt des jungen Mannes entfernte sich immer weiter. Xuanyuan hob etwas vom Boden auf und steckte den Lutscher in ihre Tasche.

Bewege deine Schritte und folge ihm.

Sie fühlte sich nicht sicher, wenn sie von ihm entfernt war.

„Alter Liu, ich spreche nicht von dir. Schau, das kleine Mädchen hat dich gewarnt, dass der Straßenrand rutschig ist. Du glaubst es immer noch nicht! Deine schlechte Laune muss dir geschadet haben! "

„Ja, Lao Liu, wenn du dieses Mal überlebst, musst du deine schlechte Laune ändern. "

„Mein kleines Mädchen hat Verstärkung für dich gerufen. Du wirst ihnen später gebührend danken müssen. "

Der alte Mann, der immer noch predigte, blickte auf Zhou Yubais rennende Gestalt und alle Augen waren auf ihn gerichtet.

„Diese Figur! Dieser Look!"

"Du bist so schön!"

Die alten Leute sahen Zhou Yubai alle anerkennend und anerkennend an.

Das Erscheinen von Zhou Yubai zerstreute sofort alle ihre Bedenken.

Xu Yuan hatte das Gefühl, dass sie sich hier am meisten Sorgen um den alten Mann machte, der ins Wasser fiel.

"Hilf mir!"

Der alte Mann kämpfte immer noch im See. In der Dunkelheit konnte Xu Wish sein Gesicht nicht sehen, aber er konnte seine Angst spüren, indem er seine Stimme hörte.

Zhou Yubai schien eine gute Schwimmausbildung erhalten zu haben. Er „flatterte" und sprang in den See. Ursprünglich wollte er hinter den alten Mann zurückgehen, aber als der alte Mann sah, dass ihn jemand rettete, ließ er das Treibholz los. drehte sich um, packte ihn und drückte ihn zu Boden.

Xu Wish war fassungslos.

Er hätte nie erwartet, dass der alte Mann Zhou Yubai herunterziehen und wie einen Wassergeist begraben würde.

Zhou Yubai wurde von dem alten Mann in den See gestoßen und plötzlich überschwemmte ihn das heftige Seewasser.

„Er will dich retten!" Xu Yuan geriet in Panik und

fühlte sich dringlicher als je zuvor. Die Person wurde vor ihr niedergedrückt und bald wurde es ruhig.

Sie rannte zum See, sah den alten Mann an, der den Jungen verzweifelt festhielt, und rief: „Lass ihn los! "

Bald war auch der alte Mann ertrunken.

Es herrschte Stille.

Auch mehrere alte Leute waren schockiert: „Dieser... Wassergeist sucht jemanden, der ihn mit sich begräbt? "

„Reden Sie keinen Unsinn. " Xu Yuan blickte auf den See und wünschte, er könnte abspringen.

Sie schaute auf den ruhigen See und ihr Herz schmerzte: „Zhou Yubai! Zhou Yubai! "

Sie schrie seinen Namen aus vollem Halse.

„Zhou Yubai, stirb nicht! Komm hoch! "

Ich wünschte mir etwas und weinte, aber es war schade, dass dieser Ort so verlassen war. Normalerweise war niemand da, und selbst wenn ich schrie, kam niemand.

„Haben Sie die Polizei gerufen? " Sie sah die Gruppe alter Leute an.

Die alten Leute schüttelten den Kopf, Xu Yuan runzelte die Stirn und plötzlich fiel ihnen etwas ein, sie hoben schnell die Hände. Hatte sie nicht ein Handy in der Hand?

Gerade als das Mädchen weinte und zitternd über ihr Handy wedelte, gab es endlich Bewegung auf der Wasseroberfläche.

Mit einem „Pumpf"-Geräusch zog Zhou Yubai den alten Mann aus dem Wasser. .

Aber der alte Mann hielt ihn immer noch fest.

Nachdem er aufgetaucht war, atmete Zhou Yubai scharf aus, sah das Mädchen an, das heftig weinte und dessen Augen rot waren, und sein Körper erstarrte.

Xuanyuan sah auch, wie er sie ansah.

Ihre Blicke trafen sich.

Tränen vernebelten seine Sicht und Xu Yuan sah den jungen Mann lächeln.

Ist es eine Illusion? Wie konnte er in dieser Situation lachen?

Nachdem er aufgetaucht war und sich eine Weile ausgeruht hatte, befreite sich Zhou Yubai von den Fesseln des alten Mannes, ging hinter ihn und legte schnell und fest seine Arme um seinen Hals und seine Arme.

Xu Wan atmete erleichtert auf und sah dann, wie der junge Mann den alten Mann mühelos an Land rettete, und sie lief eilig mit ihren Sachen auf sie zu.

Die Kleidung am Körper des jungen Mannes war durchnässt. Sein weißes Kurzarmhemd klebte an seinem schlanken Körper und seine wunderschöne Silhouette zeichnete sich darunter ab.

Er scheint sehr interessant zu sein...

Machen Sie einen Wunsch und denken Sie nach.

Auch die schwarze Hose war vom Wasser durchnässt und klebte nass an ihrem Körper, wodurch ihre ☆feenbekleideten☆Beine noch gerader und schlanker wirkten.

Es zeigt auch die Stärke der Männer.

Ich wünsche mir, solch eine schockierende Szene zum ersten Mal zu sehen.

Das Wasser des Sees glitt über das Gesicht des jungen Mannes und seine zarten und schönen Gesichtszüge wirkten in der Nacht sanft und bezaubernd.

Ein straffer Körper mit einer starken maskulinen Aura.

Xu Wunsch schluckte.

„Danke···" Der gerettete alte Mann hatte ein wenig Angst und die Hand, die Zhou Yubai hielt, zitterte.

„Das Wasser im See ist nicht zu kalt, aber er hatte Angst." Zhou Yubais Haut war sehr weiß, nachdem er ins Wasser gefallen war, und sie wurde noch weißer, als er an Land kam.

Xu Wan sah, wie Wassertropfen von der Spitze seiner starken Nase auf seine rosa Lippen fielen, dann zu seinem sexy Adamsapfel rollten und schließlich in das eingesunkene Schlüsselbein fielen.

Wie eine Perle, die in eine Jadeplatte fällt.

Wie Seewasser, das ins Meer fällt.

So schön wie Yuqiong.

Sie war geblendet.

„Haben Sie Taschentücher?" Nach der Rettung der Person fühlte sich Zhou Yubai klebrig und nass, äußerst unwohl.

Xu Yuan rief, dass Schönheit irreführend sei, holte hastig eine Tüte Taschentücher aus seiner Tasche und reichte sie ihm.

„Können Sie mir helfen, es auseinanderzureißen?" Der junge Mann warf ihr einen Blick zu.

Die langen Wimpern waren in Wasser getränkt, dick und gekräuselt und so schön wie die Models im Fenster.

Xu Wish nickte, riss mit zitternden Händen das Taschentuch auf und reichte es ihm.

Aber der Arm des jungen Mannes wurde immer noch vom alten Mann festgehalten.

„Mädchen, weißt du nicht, wie man es für ihn abwischt?" Die Stimme eines alten Mannes, der am Ufer stand und die Show beobachtete, kam von der Seite.

Wünsch dir was:⋯
Kapitel 10 Weiße Iris
Kann sie das tun?
Männer und Frauen dürfen sich nicht küssen!

Im hellen Mondlicht runzelte Xu Wan die Stirn, ihr roter Mund öffnete sich leicht und ihr Gesicht wurde sofort rot, als sie den jungen Mann ansah, der so gutaussehend war wie eine Skulptur direkt aus dem Wasser.

"Das das⋯⋯"
Augen blinken.

„Verdammt ", stammelte sie.

„Was ist los? " Alle sahen sie an.

Sie schüttelte den Kopf und sagte ruhig: „Das kann ich nicht tun. "

„Wer hat das getan? " fragte sie jemand.

„Es sollte seine Freundin sein. " Nachdem sie das gesagt hatte, schürzte sie die Lippen und blickte unnatürlich zu Boden.

Die Fußabdrücke auf dem Boden waren mit Wasserpflanzen vermischt und nass. Es war leicht, dass Menschen in den Schlamm fielen und Kopfschmerzen verursachten.

Sie müssen immer wach bleiben, um nicht in Verwirrung zu geraten.

Mehrere alte Leute standen am See und umringten Xu Yuan und Zhou Yubai. Die Worte in ihren Mündern fielen eine nach der anderen auf Xu Yuan.

„Dieser männliche Landsmann hat jemanden gerettet. Was ist los mit dir, Lesbe, dass du ihm das Wasser aufwischst? "

„Das stimmt, in unserer Zeit musste man, wenn man jemanden nass sah, ihm seinen Körper geben. Wenn man ihm jetzt das Wasser abwischen würde, wäre es einem peinlich. Aus welcher Schlucht kommst du? "

Wünsch dir was:⋯

Etwas gekränkt.

„Ich brauche sie nicht, ich mache es selbst. " Zhou Yubai lächelte sie an und nahm das Taschentuch mit einer Hand. Ihre Blicke trafen sich und Xu Yuan senkte beschämt den Kopf.

Sie konnte sich nicht vorstellen, wie ein Taschentuch mit ihrem Duft die Augenbrauen, die Nasenspitze und die Lippen des Jungen abwischen würde.

Der junge Mann warf einen Blick auf ihre weichen Wangen und ließ die Lippen hängen, und die Ecken ihrer leuchtend roten Lippen waren leicht angehoben. Er senkte den Kopf und wischte sich mit einem Taschentuch hinter den Ohren. „Sie ist schüchtern, Großväter, bitte hör auf, sie zu ärgern."

Die Stimme ist klar und deutlich, wie die Frühlingsbrise.

Ein Wunsch löste in meinem Herzen Wellen aus.

Sie hob den Blick und sah, dass die Ohrenwurzeln des jungen Mannes ein wenig rot waren. Sie konnte nicht anders, als zu sagen: „Zhou Yubai, die Ohrenwurzeln sind sehr rot. Bitte wischen Sie sie vorsichtig ab."

Zhou Yubais Hand, die sich hinter den Ohren wischte, wurde steif.

Die Luft stagnierte für einen Moment.

Nur das Geräusch springender Karpfen bleibt übrig. Ruhig.

Xu Yuan war für einen Moment fassungslos, ein wenig verwirrt, warum hörte er plötzlich auf zu reden?

Die großen Augen sind voller Verwirrung.

„Ha ha ha ha!! "

Gerade als sie ratlos war, brachen die alten Leute in Gelächter aus.

„Diese Mädchenpuppe ist zu süß! "

Als es vorbei war, geriet Xu Yuan in Panik.

Sie schien das Falsche gesagt zu haben. Zhou Yubai musste wegen dem, was sie sagten, rot geworden sein.

Im Nu bedeckte das Mädchen ihren Kopf und senkte verlegen den Kopf. „Bitte hör auf, mit mir zu reden. "

Sie wollte in den Fluss springen.

so seltsam.

Sie ist dumm.

Lass sie verschwinden, wo sie ist.

„Mädchen, sieh mal, wie schüchtern du bist? Heutzutage waren Leute in deinem Alter schon verheiratet! "

Die scherzhafte Stimme ist in meiner Nähe und ich wünschte, ich könnte mir aus Peinlichkeit eine Villa bauen.

Warum sind diese Großväter in der Stadt so schamlos? Sie konnte kein Wort hören, das sie sagten.

Xu Wan zog einen Schmollmund und runzelte die Stirn, um ihre Unzufriedenheit zu zeigen.

„Opa, sie ist noch nicht minderjährig. " Zhou Yubai wischte sich mit einem Taschentuch über sein dichtes und schönes Haar, hob den Blick, um den alten Mann anzusehen, und hob leicht die Lippenwinkel.

Diese alten Leute sagten kein Wort, als sie

Menschen retteten, sie fachten nur die Flammen an und verstärkten die Eifersucht. Nachdem sie die Menschen gerettet hatten, fingen sie wieder an, sie zu necken und Wünsche zu äußern.

Genau wie eine Tante vom Land.

Fragen Sie nach Osten und Westen.

Sie wurden nach ihren Hobbys und Hobbys in der Schule gefragt und ob sie einen Partner hatten.

Xu Wish war verlegen.

Der alte Mann, der von Zhou Yubai gerettet wurde, hatte keine großen Probleme, abgesehen davon, dass er ein wenig Angst hatte. Er hatte sich am Treibholz festgehalten und nicht viel Seewasser getrunken.

Als der alte Mann sie plaudern sah, verlor er seine Arroganz und wurde sehr fügsam.

Sie hob den Blick und warf einen Blick auf den alten Mann, der ins Wasser fiel. Jetzt war er in Begleitung eines jungen Mannes und seine Stimmung war immer noch etwas besorgt und fragte: „Willst du ins Krankenhaus? " "

Der alte Mann winkte mit der Hand und sagte würdevoll: „Dein Großvater und ich waren noch nie im Krankenhaus. Ich bin bei schweren und leichten Krankheiten auf Antibiotika angewiesen. Was bedeutet das? "

Einer von ihnen, ein alter Mann mit silbernen Haaren und Brille, wurde wütend, als er ihn sah und konnte es nicht ertragen: „Kleines Mädchen, hör nicht auf seine Prahlerei. Er traut sich einfach nicht, ins

Krankenhaus zu gehen." Sein Sohn und seine Schwiegertochter wollten nicht, dass er nachts angeln ging, und schickten ihn fast in ein Pflegeheim. Wenn er endlich rauskam, würde seine Familie bestimmt wissen, dass er ins Krankenhaus ging . Was denkst du wird passieren? "

Xu Wan wurde vom Wind verweht und wurde klarer, also fragte sie: „Werde ich am Boden bleiben? "

Der alte Mann rückte seine Brille zurecht und nickte: „Ja, er wird in Zukunft keine Freiheit mehr haben. "

„Du hast also nicht gerade die Polizei gerufen? " wurde Xu Yuan plötzlich klar.

„Ja, es ist nicht so, dass er uns egal ist, sondern dass er nicht möchte, dass wir die Polizei rufen. "

Xu Wan warf einen Blick auf den alten Mann, der ins Wasser fiel. Er war siebzig Jahre alt, sein Gesicht war mit Spuren der Zeit bedeckt und Schweiß floss die Schlucht hinunter.

Sie wusste nicht, welche Art von Familie ihn dazu brachte, es vor seiner Familie zu verbergen, als sein Leben auf dem Spiel stand.

Sie versteht es nicht.

Sie dachte an das berühmte Sprichwort: „Das Leben ist kostbar und die Liebe ist noch wertvoller. " Wenn dir die Freiheit am Herzen liegt, kannst du beides wegwerfen.

Dieser alte Mann hat diesen Satz wirklich lebendig gelebt.

Aber ist dieser alte Mann wirklich so arrogant und mutig?

Gibt es jemanden, der seine Familie, sein Gesicht und seine Freiheit nicht liebt?

Sie hat es nicht erlebt und weiß es noch nicht.

Nachdem ich eine Weile darüber nachgedacht hatte, wurde mir plötzlich klar, was ich tun wollte.

„Opa, du willst doch nicht, dass sich deine Familie Sorgen um dich macht, oder? Hab keine Angst. Wenn du Fragen hast, besprich es einfach mit deiner Familie. Sie lieben dich und werden dich nach einer langen Weile auf jeden Fall verstehen. " , er wünschte sich etwas.

Nachdem der junge Mann seine Gedanken durchschaut hatte, wurden die dunklen Wangen des alten Mannes, der ins Wasser fiel, immer noch rot. „Es tut mir leid, kleines Mädchen, dass ich gerade so gemein zu dir war. "

Sie war nicht sehr erfreut über die Entschuldigung und den Wunsch. Sie nahm sich die Worte des alten Mannes überhaupt nicht zu Herzen.

„Es ist okay. " Sie verzog die Lippen.

Die Nacht war aufregend und schlimm.

Die Abendbrise ist sanft und alles ist so schön.

Xu Yuan hielt immer noch das Mobiltelefon des Jungen in der Hand, hockte sich gehorsam zur Seite und sah zu, wie Zhou Yubai ihm die Haare wischte.

Ihr kurzes braunes Haar schwankte im Mondlicht und kleine Wassertröpfchen schwebten wie ein

Feuerwerk.

Extrem schön.

Das kleine Mädchen war fassungslos. Sie hatte noch nie einen so hübschen Jungen gesehen.

Hübsch und elegant, sanft und freundlich.

Obwohl er im Unterricht etwas nachlässig war, sich nicht an die Unterrichtsregeln hielt, zu spät kam und Kopfhörer trug, waren seine Noten gut und die Lehrer mochten ihn sehr.

Gewinner im Leben!

Wünsch dir etwas und seufze.

Sie sah Zhou Yubai an.

Auch jemand sah sie an.

Ihre Haut ist schneeweiß, ihre Lippen sind rot, ihre Augen flattern und blinzeln und ihre Wimpern sind lang, gekräuselt und gekräuselt, wie eine Puppe.

Der alte Mann mit Brille neben ihm schien eine neue Welt entdeckt zu haben, seine Augen waren durchdringend. Obwohl das kleine Mädchen unterernährt aussah, hatte sie ein gutes Fundament und würde in Zukunft definitiv eine Schönheit sein.

Der alte Mann wurde interessiert und sah sie an: „Kleines Mädchen, findest du, dass er hübsch ist? "

„Huh? " Xu Yuan war fassungslos, warum fing er wieder an, über sie zu reden.

Es ist noch nicht vorbei.

„Stimmt, was halten Sie von ihm? " Ein anderer alter Mann, der geschwiegen hatte, einen chinesischen Tunika-Anzug trug und sehr elegant aussah, begann ebenfalls zu buhen.

Die Atmosphäre ist etwas chaotisch.

Jeder wartet auf die Antwort auf seinen Wunsch.

Es gibt keinen Ausweg, wenn man sich etwas wünscht, und ich wünschte, ich könnte ein Loch graben und hineinkriechen.

Sie sah Zhou Yubai an, als würde sie um Hilfe bitten.

Zhou Yubai war gerade damit fertig, sich die Haare abzuwischen, mit einem Lächeln in seinen klaren und strahlenden Augen warf er einen Blick auf ein paar alte Leute, und gerade als er sprechen wollte, hörte er den alten Mann, der ins Wasser gefallen war, sagen: „Kleines Mädchen, du konntest nicht sagen, was du gerade gesagt hast. " Ich habe dir nur zugehört, wie du ununterbrochen plapperst und redest, als ich im See war.

Die Stimme des alten Mannes war immer noch etwas heiser.

Als Xu Yuan sah, dass so viele Leute sie ansahen, öffnete sie den Mund und sagte leise: „Er sieht sehr gut aus… "

"Gegangen?"

„Ist das weg? "

„Der Boden ist weg? "

„Mädchen, bist du ein Eunuch? " Der alte Mann, der am enthusiastischsten sprach, legte seine Stirn auf seine Hände und seufzte leise und hob die Augenbrauen.

Schaffen Sie Möglichkeiten für sie, warum hat sie so viel Pech!

Xu Yuan ignorierte die Absichten dieser alten Leute, hielt inne, schaute in Zhou Yubais Augen und blinzelte: „Wie ein Model im Fenster. "

Sie biss sich auf die Lippe.

Etwas schüchtern.

Nach einer Pause blitzte eine Spur von Bitterkeit in meinem Herzen auf.

Wünsch dir etwas und denke in deinem Herzen: Er ist perfekt.

Wie die Schaufensterpuppen sind sie schön und teuer.

Aber... daran wagt jemand wie sie nicht zu denken.

„Hahahaha. " Die alten Leute lachten herzlich, „Kleines Mädchen, mach es einfach, wenn es dir gefällt. "

Wünsch dir was:···

Es ist noch nicht vorbei.

Ein „Ding-Dong "-Geräusch durchbrach die laute Atmosphäre.

Xu Yuan betrachtete das Geräusch und stellte fest, dass das Geräusch von dem Mobiltelefon in ihrer Hand kam.

Zhou Yubais Mobiltelefon.

Sie warf versehentlich einen Blick auf eine Nachricht von jemandem auf dem Sperrbildschirm.

————Jiang Song: Yu Bai, bist du zurück?

Xu Yuan warf einen Blick darauf und schaute weg.

Aber plötzlich verschwand das pochende Herz, das gerade eben war.

Es gibt immer noch einen unerklärlichen Verlust in meinem Herzen.

Es war, als würde mir eine Schüssel mit kaltem Wasser übergossen, und ich fühlte mich viel wacher.

Sie schaute auf und sah, dass Zhou Yubai mit dem Abwischen fertig war, stand auf, zog ihre Schuhe an und nahm die Kopfhörer neben sich.

Geht er nach Hause?

Xu Yuan stand hastig auf und gab ihm das Telefon in seiner Hand zurück.

Der junge Mann nahm das Telefon und die beiden sahen sich an und wünschten sich, in seinen schönen Augen ein kleines Mädchen zu sehen, das ihn genau anstarrte.

„Dich zurückschicken?", fragte er leise.

Xu Wish schüttelte den Kopf. „Nein, danke, Senior, ich gehe alleine zurück."

„Warum bist du so höflich, kleines Mädchen? Es ist so spät in der Nacht, lass dich einfach von ihm schicken."

Die Gruppe der alten Leute machte wieder Lärm.

Xu Wish zögerte einen Moment, dann nickte er gehorsam: „Na gut."

Sie ist so süß und brav.

Die alten Leute waren erleichtert und erzählten Xu Yuan, dass sie die Familie des alten Mannes angerufen hätten, der ins Wasser gefallen war. Der alte Mann hatte beschlossen, die Neuigkeiten nicht vor seiner Familie zu verbergen und sagte ihr, sie solle sich keine Sorgen machen.

Ich habe wirklich Angst, mir etwas zu wünschen.

In diesem Moment ist die letzte Spur von Sorge in meinem Herzen verschwunden.

Sie winkte den alten Leuten zu und verabschiedete sich von dieser kurzen, aber unvergesslichen Nacht.

„Komm schon! " Der alte Mann mit der Brille blickte den großen und charmanten jungen Mann mit hochgezogenen Augenbrauen an und deutete damit an.

Xu Yuan lächelte und nahm es nicht ernst.

Sie mag Zhou Yubai nicht und Zhou Yubai mag sie auch nicht.

Wie man über Dating-Partner usw. spricht.

Außerdem hat sie nur Augen zum Lernen.

Der Rest lässt sich überhaupt nicht einordnen.

Er verabschiedete sich von dem alten Mann und wünschte, Zhou Yubai nach Hause zu folgen.

Nachts herrscht in Nanyi eine andere Art von Stille.

Es war so still, dass ich ihren Herzschlag hören konnte.

„Bang bang bang ", als ob ihm das Herz ausrasten würde.

„Nimm dir nicht zu Herzen, was sie sagen. " Zhou Yubai wurde langsamer und ging mit leiser Stimme neben ihr her, als hätte er Angst, die ruhige Nacht zu stören.

Xu wünschte nickte. „Ist schon in Ordnung, ich nehme es mir nicht zu Herzen. "

„Nun, das ist gut. " Der junge Mann steckte die Hände in die Taschen und ging langsam, als würde er gemächlich gehen.

Xu Yuan hob den Blick, um ihn anzusehen. Der Junge war zu groß, sodass sie nur seinen anmutig geschwungenen Kiefer sehen konnte.

Er roch sauber und angenehm, denn er war ins Wasser gefallen und noch etwas frisch vom See.

Aber bald fühlte es sich viel natürlicher an, sich etwas zu wünschen.

Wahrscheinlich spürte Zhou Yubai die Nervosität des Mädchens, verlangsamte das Tempo und folgte ihr direkt.

Xu Yuan ging voran und Zhou Yubai folgte ihr.

Die Straßenlaternen beleuchteten sie und ihre Schatten auf dem Boden schienen sich untrennbar zu überlagern.

In diesem Moment, in dem man sich etwas wünscht, gibt es kein anderes Gefühl.

Als sie ans Lernen dachte, hatte sie nur noch ein Gefühl des Kampfes in ihrem Herzen. Sie kümmerte sich nicht mehr so sehr um Neckereien oder zufällige Bemerkungen.

Tatsächlich ist sie eine Kämpferin für das Lernen.

Als sie die Ecke erreichte, fühlte sich Xu Yuan ein wenig schuldig. Sie blieb stehen, warf einen Blick auf die große Gestalt und sagte langsam: „Senior, schicken Sie es einfach hierher. "

Zhou Yubai sah ruhig aus und nickte, ohne groß nachzudenken: „Ruhe dich früh aus. "

Auch Xu Wish nickte und winkte ihm zu: „Auf Wiedersehen, Senior. "

Dann drehte er sich um und rannte weg.

Die kleine Figur ist wie ein Hase, flink und beweglich.

Obwohl er dünn ist, kann er ziemlich schnell laufen.

Zhou Yubai zog die Augenbrauen hoch, als er zusah, wie sie ging.

Das Telefon klingelte.

Zhou Yubai hob es auf und sah es sich an, es war eine SMS.

Es ist eine SMS von Jiang Song.

Er hob es auf, sah es sich an, steckte es wieder in die Tasche und antwortete nicht.

Das Mondlicht ist wie Silber und glänzt auf dem Boden wie eine Eisschicht.

Das Telefon klingelte erneut, dieses Mal schnell und laut.

Es ist der Klingelton eines Apple-Telefons.

Zhou Yubai warf dem Anrufer einen Blick zu und drückte auf „Annehmen ".

Chen Chi entschuldigte sich und lud ihn auf einen Drink an die Bar ein.

Zhou Yubai sagte gleichgültig: „Nein, danke. "

Es war nicht so, dass Zhou Yubai nachtragend war

und nicht zu Chen Chi nach Hause ging, sondern dass er heute Abend wirklich keine Lust zum Trinken hatte.

Er trinkt auch nicht gern.

Aber Chen Chi schien betrunken zu sein und schrie immer wieder: „Bruder Yu, Bruder Yu, du bist großmütig. Ich werde dir etwas Schönes zu trinken spendieren und du wirst dein Gesicht zeigen. "

Zhou Yubai trat auf die Blätter der Straße und gab ein knirschendes Geräusch von sich, sagte aber nichts.

Chen Chi am anderen Ende war so ungeduldig, dass er ihn tatsächlich persönlich abholte.

Zhou Yubai lehnte direkt ab: „Chen Chi, nicht nötig, ich habe noch etwas zu tun, bitte kontaktieren Sie mich später. "

Nachdem er das gesagt hatte, legte er auf.

Zhou Yubai mag Nachtclubs nicht wie Bars. Er liegt gerne ruhig auf dem Sofa, streichelt seine Katze und liest ein Buch.

Es wäre besser, mehr Wind- und Regengeräusche zu haben.

Ein wütender Sturm ist besser.

Er würde sich in dieser Umgebung äußerst wohl fühlen.

Anstatt in einen lauten Nachtclub zu gehen, um dem Klirren von Weingläsern oder sogar dem Klang von Fleisch und Körper zu lauschen, die aufeinanderprallen.

er mag nicht.

Zhou Yubai ist manchmal rebellisch und möchte nicht zum Unterricht gehen oder Musik hören und lesen.

Aber Zhou Yubai ist sehr sauber.

Es ist pure Freiheit ohne jegliche Zwänge.

Kurz nachdem er aufgelegt hatte, rief Liang Yi erneut an.

Er ging hilflos ans Telefon: „Yu Bai, Chen Chi ist betrunken. "

„Es geht mich nichts an ", sagte Zhou Yubai herrschsüchtig.

„Ich habe dich gebeten, etwas zu trinken zu kommen und gesagt, ich würde niederknien und mich bei dir entschuldigen. "

"Keine Notwendigkeit."

„Er sagte, dass Xuanyuan von nun an wie seine Schwester behandelt wird. Wenn jemand sie schikaniert, wird er sie schlagen. "

„Oh? " Zhou Yubai zog die Augenbrauen hoch. „Was ist, wenn es Xu Ning ist? "

„Schlag mich einfach, wenn du meiner Schwester weh tust, schlage ich dich im Gegenzug zehnmal! "

Chen Chis Stimme war bereits laut, aber diese Stimme schien durch ein Mikrofon gesprochen zu werden. Zhou Yubais Trommelfelle waren dadurch fast taub.

„Yu Bai, wenn du nicht hierher kommst, weiß jeder in der Bar, dass die Nanyi High School einen Wunsch hat. "

Zhou Yubai:......

Er runzelte die Stirn.

Er legte auf und ging mit seiner noch nassen

Kleidung zur Bar.

Er ertrug es um des Rufs seiner Schwester Xu willen.

Der Name dieser Bar war SEX, ein Name, der dazu führte, dass Zhou Yubai zögernd eintrat.

Lebhaft und extravagant.

Übertrieben und absurd.

Männer und Frauen hatten Spaß, die Musik des DJs war so laut, dass es ihm in den Ohren wehtat, und der Rauchgeruch war stark und widerlich.

Er runzelte die Stirn und ging hinein.

Der junge Mann ist groß und charmant, schlank und stark und sieht aus, als hätte er das ganze Jahr über trainiert.

Das kurze braune kastanienbraune Haar wurde vom warmen Wind trocken geblasen, und unter dem dicken und flauschigen Haar verbirgt sich ein zartes und schönes Gesicht.

Vor allem ein Paar klare und ruhige Augen.

Die Augen des Phönix sind lang und schmal, und im rechten Augenwinkel befindet sich ein kleines Muttermal, das dem ganzen Gesicht etwas Melancholie verleiht.

Weiter unten sind eine große, helle Nase und natürlich rote Lippen zu erkennen.

Extrem schön.

Die ganze Figur sieht aus wie ein Kunstwerk aus der westlichen Bildhauerei.

Exquisit.

Die Leute können nicht anders, als den Verstand zu verlieren, nachdem sie es gesehen haben.

Spätestens als er die Bar betrat, wurde es in der lauten Bar plötzlich für eine Weile still.

Was folgte, war ein noch heftigerer Ausruf.

„Woher kommt dieses Model? Ist sie so hübsch? "

„Verdammt, meine Nase ist so gerade und keck. "

„Als ich ihn ansah, dachte ich plötzlich, warum mein Freund so lässig aussieht? "

„Heilige Scheiße, Scheiße!! Hübscher Kerl! Ahhhh! "

„Einer von euch, beeilt euch und fragt nach meinen Kontaktdaten! Dann habt Mitleid mit mir und gebt sie mir. "

Obwohl jeder böse Absichten hat, haben nur wenige den Mut.

Vor allem, weil der Junge sehr gutaussehend ist und ein einzigartiges Temperament hat.

Cool, elegant und edel.

Aber auch distanziert und kalt.

Schauen Sie sich diese schönen Augen an, die arrogant sind.

Es ist wirklich sowohl Hassliebe als auch Hassliebe!

Also ging er an der Bar vorbei und niemand wagte es, nach vorne zu kommen. Sie konnten ihm nur dabei zusehen, wie er in den Privatraum im zweiten Stock ging.

Chen Chis Brüllen im Privatzimmer konnte Zhou Yubai auf der anderen Seite des Korridors hören.

Tante, ich habe mich geirrt, bitte vergib mir.

Zhou Yubai runzelte die Stirn, was ist das für ein Durcheinander, wer ist meine Tante? Wer ist dieser alte Mann?

Dann hörte er Chen Chi noch einmal sagen: „Tante Wishing, vergib mir!"

Zhou Yubais Kopf war mit schwarzen Linien bedeckt.

Er beschleunigte seinen Schritt und öffnete den Privatraum.

"Den Mund halten!"

Chen Chi, der auf dem Sofa stand und wild in ein Mikrofon schrie, drehte sich um und sah Zhou Yubai mit kalten Augen und gereiztem Gesicht.

Er fiel vom Sofa, als hätte er Angst.

Kapitel 11 Weiße Iris

„Der Schnee fällt einer nach dem anderen

Erkläre das Schicksal zwischen dir und mir

Meine Liebe ist aus dir geboren"

Mit der angenehmen Melodie im Ohr betrat Zhou Yubai die Loge, in der ein klassisches altes Lied lief.

Er hob leicht seine dünnen Augenlider, warf einen Blick auf den Bildschirm und richtete seinen Blick dann auf Chen Chi, der zu Boden fiel.

Bei der wunderschönen Melodie kräuselten sich Zhou Yubais dünne Lippen leicht und er ging kühl auf Chen Chi zu.

„Wovor hast du Angst?" Zhou Yubai steckte die Hände in die Hosentaschen und blickte auf ihn herab, sein Blick war lässig und kalt.

Der große Mann Chen Chi fiel wie eine Schlammpfütze zu Boden. Er versuchte mehrmals aufzustehen, indem er sich am Couchtisch festhielt, aber es gelang ihm nicht.

Liang Yi konnte es nicht mehr ertragen, ging zu ihm und half ihm auf: „Chen Chi, sieh dich an, du machst dir jeden Tag Ärger. "

„Ich habe dir mehrmals gesagt, dass Yu Bai nicht trinkt, aber du rufst ihn trotzdem zu sich. Wenn Leute kommen, bist du ein Feigling. Das bist du wirklich! "

Nachdem er dem Mann geholfen hatte, sich aufzusetzen, holte Liang Yi ein Taschentuch und wischte ihm das verschwitzte Gesicht ab, doch bald darauf brach Chen Chi erneut zusammen.

„Adou ist wirklich hilflos! " Liang Yi seufzte leise.

„Warum suchst du mich? " Zhou Yubai fand einen Platz zum Sitzen und streckte lässig, träge und elegant seine langen Beine aus.

Liang Yi holte eine Zigarette heraus und reichte sie ihm. „Willst du rauchen? "

Zhou Yubai schüttelte den Kopf.

„Ich weiß, dass du nicht rauchst, bitte sei höflich. " Liang Yi lachte und zündete sich die Zigarette mit einem „Plopp "-Geräusch an.

Inmitten des Rauches wirkte sein elegantes Gesicht geheimnisvoll und charmant.

„Er ist einfach ein Idiot, streite nicht mit ihm. "

Liang Yi warf einen Blick auf Chen Chi, der tief und

fest neben ihm schlief, und seufzte: „Er hat sich Sorgen gemacht, dass du nicht kommst. Seine Augenlider wollten sich mehrmals schließen, aber sie öffneten sich wieder. Er hat nur Unsinn mit dem Weizen geschrien. "

Zhou Yubai zog die Augenbrauen hoch und trank ein Glas Mineralwasser. „Das war mir egal. "

„Warum bist du so nass? " fragte Liang Yi.

„Jemanden gerettet ", sagte der junge Mann kalt.

„Oh. " Liang Yi hob die Augenbrauen und stellte keine weiteren Fragen.

Die beiden saßen lässig auf dem Sofa und tranken einen Schluck aus dem Weinglas auf dem Tisch. „Kommt Jiang Song bald zurück? "

Zhou Yubai senkte den Kopf und spielte mit seinem Handy. Als er seine Worte hörte, nickte er nur und sagte beiläufig „hmm ".

„Ich habe sie viele Jahre lang nicht gesehen und dieser Typ ist endlich bereit, zurückzukommen. " Liang Yi seufzte leise.

Zhou Yubai warf gereizt sein Handy weg und hob den Blick, um ihn anzusehen. „Du hast mich nur hierher gerufen, um nach Jiang Song zu fragen? "

Liang Yi schüttelte den Kopf und lächelte. „Der Hauptgrund ist, dass ich heute Nachmittag unglücklich war, also wollte ich dich zu Lele rufen. "

„Lele? " Zhou Yubais Blick fiel auf den betrunkenen Chen Chi und er war ein wenig unglücklich. „Heisst das Lele? "

„Du bleibst zu Hause und liest den ganzen Tag und gehst gelegentlich raus, um Spaß zu haben und zu entspannen. Du bist in deinem Abschlussjahr an der Highschool und stehst unter großem Druck. Übrigens, welche Universität möchtest du studieren? " hinein? ", fragte Liang Yi.

Er bat Zhou Yubai, nur zum Spaß und zur Unterhaltung hierher zu kommen. Er stand durch das Lernen unter großem Druck, warum konnte er nicht rauskommen und Spaß haben?

Schade, dass die Hobbys dieses Spitzenschülers zu literarisch und künstlerisch sind. Kunstausstellungen besuchen, Musicals hören und Lesen sind nur die Grundlagen.

„Haben Sie sich entschieden, an welche Universität Sie gehen möchten? "

„Huh? " Eine Spur von Überraschung huschte über Zhou Yubais hübsches und helles Gesicht. Er hob träge die Augenlider. „Warum interessiert dich das? "

„Nur gefragt, Finanzen? " fragte Liang Yi.

Die Augen des jungen Mannes flackerten und er schaute auf den Fernseher, auf dem immer noch Musik lief. Er nickte: „Nun, Finanzen. "

„Ein dominanter Präsident steht Ihnen sehr gut. " Liang Yi schlug seine eleganten Beine übereinander und sah lässig und elegant aus.

Zhou Yubai sagte nichts, aber seine Augen waren ein wenig leer.

Tatsächlich wusste er nicht, wofür er die Prüfung ablegen sollte, und nach Hause zurückzukehren, um das Familienunternehmen zu erben, war nicht das, was er wollte.

Der Mittelschüler war zum ersten Mal etwas verwirrt.

Das alte Lied lief immer noch im Fernsehen. Er hob das Wasser in seiner Hand und trank einen Schluck.

„Trink noch etwas. Schwester, wenn dich in Zukunft jemand schikaniert, werde ich, Chen Chi, der Erste sein, der ihn gehen lässt! "

Jemand, der extrem betrunken war, wachte plötzlich aus dem Schlaf auf und schrie.

Zhou Yubai:......

Plötzlich überkam mich ein gewisses Bedauern.

„Kunkou ", ein klares Klopfen an der Tür ertönte und Liang Yi antwortete: „Komm rein ".

Die Tür wurde aufgestoßen und eine Kellnerin, die einen Strapsgürtel mit Leopardenmuster, einen Minirock und schwarze Strümpfe trug, kam herein.

Die Frau ist sehr schön, mit langen, leicht lockigen Haaren, exquisitem Make-up und voller Charme.

Unter dem Minirock befinden sich ein Paar gerader und schlanker Beine, die in Strümpfe gehüllt sind, um sie formschön und schlank zu machen.

Sie ist eine Frau, die auf den ersten Blick umwerfend ist.

„Sir, da ist noch eine Flasche Wein, die Sie bestellt

haben … wahaha. "

Die schlanken Hände mit den roten Nägeln stellten das Glas auf den Tisch.

Aus dem Augenwinkel konnte er nicht anders, als einen Blick auf den gutaussehenden und kalten jungen Mann zu werfen, der neben ihm saß.

„Yu Bai, es gehört dir. " Liang Yi schob die Flasche Wahaha und den Strohhalm vor Zhou Yubai und lächelte: „Es steht dir ganz gut. "

Zhou Yubai:……

„Lass mich dich stupsen. " Die Frau hockte auf dem Boden, ihr kurzer Rock, der ihren Hintern bedeckte, betonte ihre Figur sehr sexy. Sie hob den Strohhalm auf, steckte ihn in den Wahaha und reichte ihn Zhou Yubai mit beiden Händen wahaha. "

Nachdem er das gesagt hatte, war sein Blick immer noch auf das schöne und hübsche Gesicht des jungen Mannes gerichtet.

Als sie näher kam, wurde ihr klar, dass dieser gutaussehende Kerl einen 360-Grad-Winkel hatte und so gutaussehend war, dass er den Menschen die Seele stehlen konnte.

Zhou Yubai runzelte die Stirn, als er sah, dass sein Wahaha berührt wurde, aber er gab keinen Laut von sich.

Liang kannte auch Zhou Yubai und als er sah, dass er immer gereizter wurde, holte er sofort ein paar Scheine aus seiner Brieftasche, legte sie auf den Tisch und winkte ungeduldig mit der Hand: „Lass uns gehen."

Die Augen der Frau leuchteten, als sie so viele Tipps sah.

Die beiden gutaussehenden Männer waren von Kopf bis Fuß in Luxusmarken gekleidet, insbesondere die Bluetooth-Kopfhörer, die um den Hals des Jungen hingen, die sie nur in Zeitschriften gesehen hatte.

Dieser Kopfhörer hatte damals einen Preis von 800.000 US-Dollar und war noch vergriffen.

Mit einem ruhigen Gesichtsausdruck schob sie das Geld vor diesen eleganten Herrn und sagte lächelnd: „Warum ist es Ihnen so peinlich?"

Liang Yi wurde interessiert und sah sie mit hochgezogenen Augenbrauen an. „Was willst du?"

Die Frau warf Zhou Yubai einen Blick zu.

„Du willst ihn?" Liang Yi hob die Augenbrauen.

Die Frau nickte schüchtern.

Liang Yi sagte nichts. Er warf einen Blick auf Zhou Yubai, der mit gesenktem Kopf mit seinem Handy spielte, und eine Spur von Belustigung blitzte in seinen Augen auf.

Das Feuerzeug klickte und er zündete sich eine weitere Zigarette an.

Die Frau stand auf, hob das Weinglas vom Tisch auf, drehte ihr Gesäß, ging zu Zhou Yubai und setzte sich.

Sie hat langes Haar und einen schneeweißen Teint.

Ein Hauch von Schüchternheit huschte über ihr charmantes und zartes Gesicht. „Hübsch, möchtest du etwas trinken?"

Nachdem er gesprochen hatte, beugte er sich absichtlich oder unabsichtlich zu dem jungen Mann.

Die Frau ist zu sexy, die Schlucht auf ihrer Brust wird gequetscht und ihre stolze Figur wird deutlich hervorgehoben.

Liang Yi sagte „tsk" und hob die Augenbrauen, während er die gute Show mit einiger Schadenfreude betrachtete.

Zhou Yubai schaute auf sein Mobiltelefon, als ihm ein starker Geruch ins Gesicht stieg. Er hob sofort scharf den Kopf und sah, wie die Frau, die ein Stück Stoff aufhängte, ihn fasziniert ansah.

Er setzte sich ruhig zur Seite und warf ihr dann einen kalten Blick zu: „Raus!"

Die Stimme war tief, wie ein scharfes Schwert, das herausflog.

Die Frau war erschrocken und biss verlegen die Zähne zusammen. Zhou Yubai stand hastig auf und sah sie mit kaltem Abscheu an. „Wenn du nicht rauskommst, rufe ich die Polizei."

Während er sprach, nahm er sein Telefon und drückte drei Nummern.

Als die Frau diese Haltung sah, wurde ihr Gesicht plötzlich blass.

Gleichzeitig war sie immer noch ein wenig unwillig, und kein Mann konnte ihrem Charme widerstehen.

Aber dieser elegante junge Mann war ihr gegenüber gleichgültig und er war sogar angewidert.

Nachdem sie darüber nachgedacht hatte, hob die Frau hastig die Scheine auf, beugte sich vor und rannte verzweifelt davon, aus Angst, dass Zhou Yubai wieder etwas Unerwartetes tun würde.

Nachdem die Frau gegangen war, musste Liang Yi endlich lachen.

„Ich sagte, Yu Bai, diese Frau ist wohlgeboren, warum willst du sie nicht, wenn sie an deine Tür kommt? "

Zhou Yu warf ihm einen ausdruckslosen Blick zu. „Willst du es? "

Liang Yi berührte seine Nase und lächelte. „Ich will es auch nicht. "

Dieser Vorfall machte Zhou Yubai die Nase voll von diesem Ort. Er warf einen Blick auf den betrunkenen Chen Chi und sagte: „Schick ihn später zurück, ich gehe. "

Nachdem er das gesagt hatte, war nur noch ein Rücken so groß und schlank wie eine Zeder übrig.

„Hey! " Liang Yi wollte ihn rufen, aber der junge Mann hatte bereits ein Bluetooth-Headset aufgesetzt, das den Lärm komplett abschirmte.

Liang Yi konnte nur aufgeben: „Ich habe noch nicht nach Schwester Xu gefragt! "

Er murmelte, es schien, als könne diese Angelegenheit nur bis zum nächsten Mal warten.

Das Telefon vibrierte plötzlich.

Liang Yi klickte auf den Bildschirm und plötzlich erschien die von Jiang Song gesendete Textnachricht auf der oberen Seite.

Jiang Jiang: Liang, ist er bei dir?

Auch wenn sie das nicht sagte, wusste Liang Yi, dass es Zhou Yubai war.

Wer außer ihm könnte Jiang Song dazu bringen, die Initiative zu ergreifen, um ihn zu finden?

Liang Yi rieb sein Handy, schürzte leicht seine dünnen Lippen und eine Spur von Enttäuschung blitzte in seinen Augen auf.

Nach langer Zeit, antwortete er, ging er zurück.

Jiang Song antwortete fast sofort „Danke ".

Er konnte nicht anders, als eine weitere SMS zu senden.

LY: Bist du zurück?

Von dort kam lange Zeit keine Antwort.

Liang Yi konnte nicht anders, als gegen das Sofa zu treten, runzelte die Stirn und sagte etwas.

Das Sofa wurde plötzlich angegriffen. Chen Chi erschrak, setzte sich vom Sofa auf und fragte verständnislos: „Gibt es ein Erdbeben? "

Liang Yi ging aus der Tür, ohne ihn auch nur anzusehen, und schloss die Tür mit einem Knall.

Verdammt, Chen Chi, geh morgen nicht zum Unterricht, schlaf einfach hier.

Chen Chi war ein wenig überwältigt von der Gereiztheit des Chefs. Er kratzte sich verwirrt an den Haaren und sein betrunkenes Gesicht wurde rot.

Mir wird schlecht im Magen.

Er öffnete eine Flasche Wasser, trank einen Schluck und rülpste.

Ich fühlte mich einfach erleichtert.

Im Fernsehen läuft „Penthouse " von Kelly Chen.

„Lass ihn in Ruhe, so als würdest du in Abgeschiedenheit leben und es von nun an in deinem Herzen verstecken. "

Lebe für immer in meiner Fantasiewelt und fülle meine Leere.

Die traurige Melodie erklang und Chen Chi fühlte sich ein wenig verloren. Er umarmte das Kissen und rief laut: „Ning Ning, mein Ning Ning, du lebst von nun an in meiner Fantasie. Sogar die Brüder tun es nicht. " „Ich mag dich nicht. Ich kann dich nur insgeheim mögen, schließlich lege ich, Chen Chi, keinen Wert auf Sex über Freunde, Ning Ning, Ning Ning! "

In dem leeren Privatraum waren nur noch Chen Chis traurige Schreie und melancholischer Gesang zu hören.

Es klang lange.

Bis der Mond untergeht und die frühe Morgensonne langsam aufgeht.

Am nächsten Tag wachte ich langsam mit dem klaren Wecker auf.

Der helle Sonnenschein scheint auf die Steppdecke und macht sie warm und gemütlich.

Sie ließ die hölzerne Welpenpuppe in ihren Armen los und stand auf.

Tante Fen hatte die gebügelten Schuluniformen bereits in den Schrank gelegt. Sie öffnete den Schrank und sah eine exquisite Holzkiste neben den Schuluniformen.

Das Mädchen öffnete es neugierig und darin befand sich ein Kristallarmband.

Daneben lag ein Zettel und las ihn. Die Handschrift war genau die gleiche wie die Nachricht, die Wen Rong ihr in dieser Nacht hinterlassen hatte.

Da steht deutlich: Yuanyuan, alles Gute zum Geburtstag.

Heute ist ihr Geburtstag?

Wenn ich mir etwas wünsche, wird mir das Herz schwer.

Sie kannte ihren Geburtstag nicht und Xu Junsheng auch nicht.

Sie wurde von Xu Junsheng im Waisenhaus adoptiert. Da er Single war, war er aus unbekannten Gründen nicht berechtigt, ihn zu adoptieren.

15. Juli.

Es war der Tag, an dem ich mir etwas wünschte und von Xu Junsheng nach Hause gebracht wurde.

Es ist auch ihr Geburtstag.

Es stellt sich heraus, dass heute, am 8. September, ihr Geburtstag ist.

Die Augen des Mädchens taten weh. Sie wollte Xu Junsheng unbedingt sagen, dass sie am 8. September geboren wurde.

Es stellt sich heraus, dass sie auch die ihrer Mutter

hat.

Allerdings mochte sie sie kein bisschen.

Obwohl ihre Brüder und Schwestern sie ablehnten, war ihr leiblicher Vater so transparent, dass sie ihn nicht einmal genau ansah.

Allerdings vermisste sie Xu Junsheng sehr.

Ich will es so sehr.

Heiße Tränen standen mir in den Augen.

Dann „pat pat pat", wie Perlen, die zu Boden fallen.

Xu Wan hockte auf dem Boden, umarmte ihre Knie und weinte.

Erst als es an der Tür klopfte und Tante Fenns freundliche Stimme hörte, wischte sie sich die Tränen weg.

„Kleines Fräulein, heute ist dein Geburtstag. Meine Frau hat Langlebigkeitsnudeln für dich zubereitet. Komm runter und iss sie schnell."

Xu Wish antwortete hastig mit „Okay".

Dann rannte er schnell ins Badezimmer und wusch sich das Gesicht.

Als Xu Yuan die roten Augen im Spiegel sah, trug er sie hastig mit einem feuchten Handtuch auf.

Als ich nach unten ging, sah ich die Familie Xu am Esstisch sitzen.

Xu Zhenhai schnitt mit Messer und Gabel das Brot vor sich.

Als er sah, wie der Wunsch in ihm aufstieg, nickte er ihr zu und senkte dann den Kopf, um zu essen.

Seltsam und entfremdet.

„Yuanyuan, komm und iss Nudeln. Mama hat es heute besonders begeistert, als ob es den Wunsch widerspiegelte, den sie vor vielen Jahren bei ihrer Geburt geäußert hatte, und sie fühlte sich in ihrem Herzen endlich wie eine Mutter.

Wo Xu Wan normalerweise sitzt, steht eine Schüssel Nudeln auf dem Tisch, nämlich Garnelen und Eiernudeln.

Xu Yuan warf einen Blick darauf und seine Augen wurden plötzlich schmal.

Sie setzte sich ruhig hin, nahm ihre Stäbchen und biss in die Nudeln.

„Ist es köstlich? " fragte Wen Rong mit einem Lächeln.

Ihre Augen waren sanft, die Sonne schien auf ihren Körper und ihr weiches Gesicht war voller Lächeln.

Das ist die mütterliche Liebe, nach der ich mich gesehnt habe.

Sie war etwas abgelenkt.

Seine Augen waren rot.

„Die Garnelen sind auch köstlich. Mama hat sie gebraten. Lass uns sie essen. " Die Frau trug heute einen weißen Anzug, ihr lockiges Haar war über ihre Brust verteilt, und das Lächeln auf ihrem Gesicht ließ sie mehr aussehen schöner als je zuvor.

Xu Wans Hand, die die Stäbchen hielt, wurde steif.

Mehrere Augen waren auf sie gerichtet.

Untersuchen, erforschen.

Unzufriedenheit, Verachtung.

Wenn du dir etwas wünschst, wird dein Kopf leer.

Es sollte in Ordnung sein, wenn Sie einen Bissen nehmen, oder?

Xu Wan hob die Garnele auf und biss hinein.

„Ist es köstlich? " fragte Wen Rong.

„Es ist köstlich. " Xu Yuan hörte seine zitternde Stimme.

Kapitel 12 Weiße Iris

Wen Rong warf einen Blick auf Xu Wans schneeweißes und schlankes Handgelenk, das leer war.

Sie lächelte und sagte: „Yuanyuan, wo ist das Geschenk, das Mama dir gegeben hat? "

Die heutige Wärme ist zu sanft.

So wunderbar.

Der Wunsch wurde etwas berührt.

Sie blinzelte und nutzte die Gelegenheit, um ihre Stäbchen wegzulegen. „Ich hole es. "

„Es ist in Ordnung. Mama wird es für dich besorgen. Du isst zuerst. " Wen Rong nahm das Taschentuch vor sich und wischte sich die Mundwinkel ab, dann drehte er sich um und ging in den zweiten Stock.

Wishings Augen wanderten zu ihren mit rotem Nagellack bemalten Füßen.

Erst dann wurde ihr klar, dass Wen Rong dieselben Hausschuhe trug wie Xu Ning.

Der Raum im zweiten Stock war ursprünglich Xu Nings Klavierzimmer, aber Wen Rong verwandelte ihn später aus einer Laune heraus in ein Schlafzimmer.

Da begann sie erneut mit der Suche nach dem vermissten Kind.

Der ursprüngliche Name des Kindes war Xu Wang.

Hoffen, erwarten, hoffen.

Die Bedeutung ist wunderschön.

Als sie mit ihr schwanger war, ging es Xu Ning gesundheitlich schlecht und Wen Rong konzentrierte sich mehr auf ihre älteste Tochter.

Was ihre jüngste Tochter betrifft, hatte Wen Rong zu wenig Erinnerung an sie.

Ich erinnere mich nur daran, dass sie im Mutterleib ruhig und brav war und die Menschen schon in so jungen Jahren anlächelte.

Schade, dass dieses Kind mittlerweile erwachsen ist und nicht mehr gerne lächelt.

Wen Rong hatte sich bereits von ihrer jüngsten Tochter entfremdet, und Wen Rong wusste nicht, wie sie sie gut behandeln sollte.

Sie ging in den Wunschraum und stellte fest, dass das Kind außer seiner Schuluniform und ein paar Kleidungsstücken überhaupt keine anderen persönlichen Gegenstände hatte.

Es ist so sauber, als ob ich gerade in einem Hotel übernachtet hätte.

Es ist, als ob Sie jederzeit Ihre Koffer packen und abreisen könnten.

Verlassen und leer.

Im Gegensatz zu Xu Nings Zimmer, das mit Puppen

aller Art und einigen Blindkästen am Rande gefüllt ist.

Wen Rong seufzte.

Nicht nur sie, auch Xuanying selbst hat kein Zugehörigkeitsgefühl.

Schließlich liegen sie mehr als zehn Jahre auseinander.

Nachdem er das Armband genommen hatte, ging Wen Rong nach unten und Xu Wan hatte die Nudeln in der Schüssel bereits aufgegessen.

Xu Hao beendete sein Frühstück und als er aufstand, sah er das leere Essen in der Wunschschüssel und runzelte die Stirn: „Wishin, du verschwendest zu viel Essen. Warum bleiben dir nur Garnelen übrig? Gefallen dir die Nudeln, die Mama dir gegeben hat, nicht. " ? ah? "

Sobald sie zu Ende gesprochen hatte, sahen sie alle am Tisch an.

Einen Wunsch zu äußern ist etwas überwältigend.

Sie zögerte und wollte gerade sagen, dass sie allergisch gegen Meeresfrüchte sei, wurde aber von Xu Hao unterbrochen.

Xu Hao wurde mit dicken Augenbrauen, großen Augen, majestätisch und groß geboren. Er senkte den Kopf und starrte in Xu Yuans Gesicht, das kurz davor stand, gekränkt zu weinen, und fühlte sich in seinem Herzen gereizt: „Ob du gerne isst oder nicht, das macht es. " Du siehst aus, als würde ich dich schikanieren.

Nachdem Xu Hao zu Ende gesprochen hatte, ging er, ohne sich umzusehen.

Wen Rong warf einen Blick auf die Garnelen in der Wunschschale und hob leicht den Blick. „Magst du keine Garnelen? "

Wenn Xu Yuan es nicht ertragen würde, sie zu enttäuschen, würde Wen Rong sich definitiv selbst die Schuld geben und das Gefühl haben, dass sie sich nicht um sie kümmert.

Obwohl sie sich wirklich nicht um sie kümmerte, konnte Xu Wan es immer noch nicht ertragen, sie am Karfreitag unglücklich zu sehen.

Nachdem er darüber nachgedacht hatte, nickte Xuanyuan: „Ich mag Garnelen nicht wirklich, aber ich habe ein bisschen gegessen und es war köstlich. "

Ist das die beste Antwort?

Es wird die andere Partei nicht in Verlegenheit bringen und die guten Absichten der anderen Partei nicht schwächen.

Das war alles, woran sie denken konnte.

Wen Rong dachte nicht viel nach, nahm das Armband, ging zu Xu Haos Platz neben ihr und setzte sich: „Hier, Mama wird dir das Armband anlegen. "

Seine warme Hand legte sich auf die Wunschhand, er legte ihr sanft das Armband an und lächelte sie an: „Gefällt es dir? "

Ein dünnes goldenes Armband mit fünf kleinen goldenen Blumen darauf, jede Blume ist mit einem leuchtenden Diamanten eingelegt. Es ist sehr schön.

Xuanyuan hatte noch nie zuvor ein so schönes Armband gesehen und war ein wenig fassungslos.

Mädchen alle lieben Schönheit und sich etwas zu wünschen ist keine Ausnahme. Sie nickte glücklich, aber ihr Gesicht blieb ruhig. „Danke, Mama. "

„Solange es dir gefällt. " Wen Rong atmete erleichtert auf.

Xu Ning, der die ganze Zeit geschwiegen hatte, hob plötzlich den Kopf, warf einen Blick auf das Armband und seine Augen leuchteten: „Mama, ist das nicht ein Armband von der Marke, die mir sehr gefällt? "

„Ja. " Wen Rong nickte und lächelte sie an. „Mama hat dir auch ein mit Diamanten besetztes vierblättriges Kleeblattarmband gekauft, das dir gefällt. "

Xu Ning war sehr aufgeregt, als er es hörte. Er stand schnell auf und legte Messer und Gabel in seine Hand. „Mama, bring mich schnell dazu, es zu sehen. "

„Moment mal, heute ist Wishings Geburtstag und du hast Wishing nicht einmal alles Gute zum Geburtstag gesagt! "

In diesem Moment kümmerte sich Xu Ning nicht um ihre übliche Beziehung zu Xu Yuan. Sie sagte nur beiläufig: „Alles Gute zum Geburtstag. "

Dann nahm er Wen Rongs Hand und ging.

Wen Rong blickte zurück zu Xu Wish, der seinen Kopf in die Sonne senkte. Seine langen Wimpern zitterten leicht und seine Augen waren leer, wie ein verlassenes Kind.

Wen Rong spürte, wie ihr Herz zitterte und ihre

Brust sich ein wenig eng anfühlte.

Aber Xu Ning hielt ihre Hand und zwang sie zu gehen.

Sie konnte nur leise sagen: „Yuanyuan, fahr später mit dem Auto meiner Schwester. "

Machen Sie einen Wunsch, ohne zu sprechen.

Silence nahm ein Glas Orangensaft und trank es.

Es ist sauer, bitter und nicht zum Trinken geeignet.

Sie nahm ein Taschentuch und wischte sich den Mund ab, dann hob sie den Blick und begegnete Xu Zhenhais Augen.

Xu Zhenhai warf ihr einen suchenden Blick zu.

Xu Yuan hat immer noch ein wenig Angst vor diesem Elternteil.

Obwohl er von Geburt an elegant war, waren seine Augen so scharf, dass man es nicht wagte, direkt in sie zu schauen.

Vielleicht ist dies die Tiefe eines Mannes, der in der Geschäftswelt galoppiert.

„Wünsch dir zum ersten Mal hier einen Wunsch, lass niemanden sich Sorgen um dich machen. "

Xu Zhenhai sagte etwas Bedeutsames, stand auf und ging mit einem großen Körper.

Xu Yuan warf einen Blick auf seinen Rücken und war verwirrt.

Xu Zhenhai ist möglicherweise derjenige, der die größten Einwände gegen sie hat.

Vielleicht liegt es daran, dass sie Wen Rong traurig gemacht hat?

Xu Ning dachte nicht viel darüber nach und ging alleine zur Schule, ohne auf Xu Ning zu warten.

Sie fühlte sich wahrscheinlich etwas unwohl, weil sie Garnelen gegessen hatte. Ich weiß nicht, ob es ein psychologischer Effekt war.

Der Hals juckt.

Meine Augen tun auch ein wenig weh.

Glücklicherweise ist die Schule nicht weit von zu Hause entfernt, also ging Xuanyuan schnell zur Schule.

Die Schüler der siebten Klasse waren immer noch ins Lernen vertieft, und von Geschwätz und Diskussionen war nicht einmal die Rede zu hören.

Es stand in krassem Kontrast zu der lauten und geschäftigen Klasse 6 nebenan.

Xu Yuan kehrte zu seinem Platz zurück, holte sein Lehrbuch heraus, stopfte seine Schultasche in den Schreibtisch, warf einen lässigen Blick aus dem Fenster und kollidierte zufällig mit Liu Ruoyis kaltem Blick.

Liu Ruoyi hielt einen Lutscher im Mund, was mit ihrem gutaussehenden Temperament völlig unvereinbar war.

Ihr langes Haar war zerzaust und ihr schönes Gesicht war voller Gleichgültigkeit.

Seine große Statur blockierte die Hälfte des Sonnenlichts, das ihn zum Träumen brachte.

Der Wunschplatz war am Fenster und alle möglichen Leute gingen an ihrem Fenster vorbei, aber sie erinnerte sich an Liu Ruoyis kaltes und schönes Gesicht.

Im Gesicht des Raufbolds liegt eine Spur von Traurigkeit.

Der strahlende Sonnenschein kommt wieder.

Xu Wish blickte auf das leere Fenster und verlor den Verstand.

Ihr Hals juckte, also streckte sie ihre Hand aus und kratzte sie.

Bald kam der Physiklehrer mit Lehrbüchern und einem Thermosbecher herein.

In der Thermoskanne sind Wolfsbeere und rote Datteln eingeweicht.

Er hob den Blick und sah das Publikum an und stellte fest, dass jemand fehlte. Er runzelte die Stirn und fragte: „Wo ist Yao Yinyin? "

Im Klassenzimmer herrschte Stille.

Niemand konnte seine Frage beantworten.

Xu Wan richtete seinen Blick auf Yao Yinyin. Das Lehrbuch, das er aufschlug, lag noch immer auf dem Tisch, aber er war nirgends zu sehen.

Gerade als die Physiklehrerin wütend werden wollte, erschien Yao Yinyin an der Tür des Klassenzimmers und hielt sich den Bauch.

Sie rollte sich zusammen, ihre Gesichtszüge waren fast zusammengefaltet. „Sagen Sie der Lehrerin, ich habe Bauchschmerzen und bin auf die Toilette gegangen. "

Der Physiklehrer winkte ab und sagte nichts mehr.

Xu Yuan sah Yao Yinyin von der Seite an und atmete erleichtert auf.

Als sie sah, wie Yao Yinyins weißes und zartes Gesicht in kalten Schweiß ausbrach, ergriff sie die Initiative, klopfte an ihren Tisch und fragte mit leiser Stimme: „Haben Sie Ihre Periode?"

Yao Yinyin nickte schwach.

Als Xuyuan dies sah, fragte er hastig: „Haben Sie eine Tasse?"

„Ja." Yao Yinyin lag auf dem Tisch, bedeckte ihren Bauch mit einer Hand und griff mit der anderen Hand in den Schreibtisch, um einen rosa Thermosbecher herauszuholen.

„Es gab gerade kein heißes Wasser, wir haben es nicht bekommen."

Xuanyuan nahm ihre Tasse und lächelte sie an. „Ich helfe dir, sie zu bekommen."

Als sie ihre Hand ausstreckte, sah Yao Yinyin die Halskette an ihrem Handgelenk und ihre Augen blitzten.

Eigentlich handelt es sich um Van Cleef & Arpels.

Diese Kette ist viel Geld wert.

Sie war fassungslos, dachte aber nicht viel darüber nach.

Xu Yuan ergriff die Initiative, heißes Wasser für seine Klassenkameraden zu holen. Er wurde vom Physiklehrer nicht nur nicht kritisiert, sondern auch unerklärlicherweise gelobt.

Sie sagte, sie sei bereit, Klassenkameraden zu helfen und verfüge über ausgeprägte Teamfähigkeit.

Nachdem er sich etwas gewünscht hatte, wurde sein Gesicht rot, also nahm er die Tasse und ging hinaus.

Wahrscheinlich weil er in Eile ging, fühlte sich Xu Wan beim Atmen etwas unwohl.

Das Engegefühl in meiner Brust war schlimmer als zuvor.

Augen geblendet.

Taubheitsgefühl der Gliedmaßen.

Juckreiz im Mund.

Ein Anfall von Übelkeit.

Xu Yuan hielt sich an der Wand fest, behielt den letzten Rest Verstand und ging ins Badezimmer, wobei er sich auf das Waschbecken legte, um sich zu übergeben.

Nachdem sie sich übergeben hatte, blickte sie im Spiegel auf. Rote Flecken bedeckten ihr helles Gesicht.

Xu Wish hielt sich am Becken fest und versuchte, sich hochzustemmen, aber er hatte überhaupt keine Kraft.

Sie wollte jemanden anrufen, aber ihr Hals war geschwollen und schmerzte, und sie konnte keinen Laut von sich geben.

Das Atmen wurde immer schwieriger und sie hatte das Gefühl, dass ihre Augen dunkel wurden.

Zehn Sekunden später fiel Xu Yuan vollständig ins Koma.

Zhou Yubai verließ das Badezimmer und sah Xu Yu mit einem roten und geschwollenen Gesicht, schwach und schwach, neben dem Pool liegen.

Er ging eilig auf das Mädchen zu, kniete nieder, tätschelte die zarten Schultern des Mädchens und rief sie laut, doch sein Wunsch wurde nicht erfüllt.

Fast augenblicklich hob Zhou Yubai das Mädchen aus dem Pool, legte es flach auf den Boden, nahm ihr Handy und begann, die Notrufnummer zu wählen.

Jemand rief ihr immer wieder ihren Namen ins Ohr.

Wünsch dir etwas, wünsch dir was.

Die Stimme klingt gut wie ein Engel.

Machen Sie einen Wunsch und fühlen Sie sich, als würden Sie in einen reinweißen Ozean fallen.

Langsam sinkend.

Sie wollte etwas sagen, konnte sich aber nicht bewegen.

Sie spürte nur, wie ein Paar warme Hände sie fest umarmten. Die Atmung des Mannes war gestört und er rannte, sie festhaltend.

Wünsch dir etwas und schließe deine Augen.

Man hörte Wind- und Verkehrsgeräusche und die unregelmäßige Atmung des Jungen.

Und sein sanfter und eindringlicher Schrei.

Eine Träne lief aus seinem Augenwinkel.

Es stellt sich heraus, dass es sich so gut anfühlt, umsorgt zu werden.

Wird sie sterben?

Wirst du einen echten Engel sehen?

Aber sie vermisste Xu Junsheng so sehr.

Sie würde ihn Ende des Monats sehen.

Sie hat ihren Vater schon lange nicht mehr gesehen und weiß nicht, ob er abgenommen hat.

Sie wollte sich wirklich bei Zhou Yubai bedanken.

Danke ihm, dass er bereit war, sie zu retten.

Danke ihm, dass er wegen ihr so nervös ist.

Danke ihr, dass sie im letzten Moment ihres Lebens die Wärme spüren durfte.

Oh Gott.

Kannst du ihr eine Chance geben?

nur einmal.

real.

Lass sie leben.

Sie wird auf jeden Fall die Zärtlichkeit der Welt spüren.

Sie wird alles mit Sanftmut behandeln.

Bitte.

Letzte Minute.

Nachdem ich mir etwas gewünscht hatte, wurde mir klar, dass ich so ungern gehen wollte.

Es stellt sich heraus, dass die Menschen angesichts von Leben und Tod so hilflos und hilflos wirken.

Die Welt versank wieder einmal in Dunkelheit.

Xu wünschte, völlig das Bewusstsein verloren zu haben.

Kapitel 13 Weiße Iris

„Der Blutdruck des Patienten ist zu niedrig! "

„Schnell in die Notaufnahme schicken! "

„Wer sind Sie als Patient? "

„Beeilen Sie sich und kontaktieren Sie ihre Familienmitglieder! "

„Wünsch dir was, ich habe deine Familie benachrichtigt, sie werden bald hier sein, hab keine

Angst. "

Das Geräusch des am Boden reibenden Krankenwagens, das sanfte Geplapper von Ärzten und Krankenschwestern und die anziehende und süße Stimme eines jungen Mannes.

Wie eine Symphonie, die sich verwebt.

Trostlos und traurig.

Als Xu Wan die Augen wieder öffnete, war es bereits Nachmittag.

Das Nachglühen der untergehenden Sonne scheint auf die Fensterbank des Krankenhauses. Neben der Fensterbank steht ein Topf mit grünem Rettich, der im Sonnenlicht glänzt.

Dies ist eine separate Station. Die Station ist gemütlich eingerichtet und sogar die Bettwäsche ist in reinem Rosa gehalten.

Der Geruch von Desinfektionsmitteln liegt in der Luft, schwach, aber nicht unangenehm.

Xu Wish öffnete seine Augen und was er sah, war reines Weiß.

Sie runzelte leicht die Stirn.

Ist das der Himmel oder die Hölle?

Es sollte der Himmel sein, oder?

Reinweiß, sauber, warm und komfortabel.

„Wishan, bist du wach? " Verschlafen hörte Xuyuan, wie jemand sie rief.

Sie warf einen Blick auf die Quelle und sah Yao Yinyins besorgtes Gesicht.

Sie streckte die Hand aus und ergriff die kalte,

wünschende Hand, ihre Stimme erstickte vor Schluchzen: „Du hast mich zu Tode erschreckt! "

Xu Wish sah sie verwirrt an.

Es war offensichtlich Zhou Yubai, der sie gerettet hat!

Sie hörte seinen drängenden Schrei und roch den schwachen Duft an seinem Körper.

Sie hatte das Gefühl, dass er sie festhielt und eine weite Strecke lief, und das schnelle Atmen des Jungen hallte in ihren Ohren wider, begleitet von der warmen und angenehmen Brise.

Aber warum ist es Yao Yinyin?

Als Yao Yinyin den überraschten Blick von Seine Arme. Er hatte einen anaphylaktischen Schock. Es würde einige Zeit dauern, bis der Krankenwagen eintraf. Er legte auf und rannte hinaus von unserer Schule, also bin ich vorbeigekommen, um dich zu begleiten. Die Schultasche wird dir geschickt.

Yao Yinyins Augen waren rot und ihre großen Augen waren feucht. Sie hielt die Hand, die einen Wunsch äußerte, und sagte: „Der Arzt sagte, wenn Sie fünf Minuten zu spät kämen, wären Sie tot. Das hat mich zu Tode erschreckt. Zum Glück, Zhou Yubai. " nahm eine Abkürzung. "

Machen Sie einen Wunsch und verwirklichen Sie ihn plötzlich.

Ich verstehe.

Sie lächelte Yao Yinyin schwach an und sagte: „Mir

geht es gut. Wie geht es dir? "

Aus dem leeren Saal ertönte eine schwache Stimme, etwas rau und heiser.

Yao Yinyin sah sie verständnislos an. „Interessierst du dich immer noch für mich? "

„Du bist so und sorgst dich immer noch für mich? "

Sie konnte es nicht glauben.

Xu wünschte nickte mit aufrichtigem Blick. „Fühlst du dich nicht auch unwohl? "

Yao Yinyin wedelte mit den Händen, ihre Augen weiteten sich. „Meine Dysmenorrhoe ist nichts, Sie liegen im Schockkoma! "

„Bin ich nicht wieder zum Leben erwacht? " Xu Yuan hat Leben und Tod erlebt und ist stärker geworden, sogar seine Augen sind sanft und fest.

Weich und fest.

Bei diesem dünnen Mädchen tauchten gleichzeitig zwei völlig unterschiedliche Wörter auf.

Sie ist ruhig und schüchtern, aber gleichzeitig sanft und mutig.

Sehr widersprüchlich.

Aber das verbindet sich zu einem lebendigen Wunsch.

Yao Yinyin war plötzlich voller Neugier, sich etwas zu wünschen.

„Deine Mutter kam einmal hierher. " sagte Yao Yinyin stumm.

„Huh? " Xu Yuan sah sie mit ruhigem Blick an, ohne jegliche Störung.

„Sie sagte, Sie wollten die Garnelen selbst essen. " Yao Yinyin hielt inne. „Wissen Sie, dass Sie allergisch sind? "

Xu Wish schaute in ihre neugierigen Augen und nickte.

Das schwache Mädchen legte den Kopf leicht schief und blickte verwirrt auf den grünen Rettich auf dem Fensterbrett.

In diesem Moment schien Yao Yinyin ihre Gedanken zu verstehen und stellte keine weiteren Fragen.

Sie zog die Decke für sich heraus, nahm die Schultasche vom Tisch und stand auf. „Ich gehe zurück zur Schule. Der Sportunterricht ist bald zu Ende. Ich muss zurück. Wenn Sie etwas brauchen, rufen Sie mich an. " "

„Okay. " Xu wünschte nickte.

Yao Yinyin konnte nicht anders, als noch einmal auf ihr Armband zu schauen und erinnerte sich plötzlich daran, dass die Frau gerade gesagt hatte, dass heute der Geburtstag ihres Wunsches sei. Sie nahm hastig ein brandneues Hasenstirnband aus ihrer Schultasche und legte es in ihre blasse Handfläche.

„Wünsch dir was, alles Gute zum Geburtstag. Das ist das Stirnband, das ich gestern gekauft habe. Es gefällt mir sehr gut. Ich gebe es dir. "

Xu Wan spürte die Weichheit des Haarseils und blickte nach unten. Es war ein süßes und flauschiges Kaninchenhaarseil.

Ihre Lippenwinkel hoben sich leicht und sie sagte: „Es sieht toll aus, danke. "

Yao Yinyin errötete.

„Obwohl es nichts im Vergleich zu dem Armband im Wert von 100.000 Yuan an Ihrer Hand ist, ist mein Herz sehr kostbar! "

Xu Wan hob ihr Handgelenk und betrachtete das Armband an ihrer Hand. Auf dem dünnen goldenen Armband befanden sich mehrere exquisite und kleine Blumen.

Sie war ein wenig fassungslos: „Ist es tatsächlich hunderttausend wert? "

Ein Anflug von Ungläubigkeit huschte über das schöne Gesicht des Mädchens.

Für sie ist einhunderttausend eine astronomische Zahl.

„Mehr als 80.000 Yuan sind auf dem Markt schwer zu kaufen. " sagte Yao Yinyin ruhig.

„Diese Marke hat ein vierblättriges Kleeblattarmband, das vollständig mit Diamanten besetzt ist und diesem sehr ähnlich sieht zu teuer. Und „es ist eine limitierte Auflage und ich habe noch nie jemanden gesehen, der sie trägt. Alles in allem sehen die Produkte dieser Marke sehr gut aus. "

Xu Yuans kleines, von rotem Ausschlag bedecktes

Gesicht versteifte sich für einen Moment.

Sie erinnerte sich an das vierblättrige Kleeblatt-Diamantarmband, das Wen Rong am Morgen erwähnt hatte.

Es stellte sich heraus, dass ihr Geburtstagsgeschenk weder das beste noch das einzige war.

Heute ist nicht Xu Nings Geburtstag, aber sie hat ein besseres Geschenk als sie selbst.

Ich fürchte, dahinter steckt eine tiefe mütterliche Liebe, die sie nicht haben kann.

Xu Wan dachte einen Moment nach und zupfte beiläufig an ihrem Mundwinkel. Sie berührte das teure Armband und sah zu Yao Yinyin auf. „Danke, du solltest früher zurückkommen und Fotos von deinen Hausaufgaben machen. "

„Ja, wünsch dir etwas, lass uns QQ hinzufügen. " Yao Yinyin holte ihr Handy heraus.

Es handelt sich um eine neue Art von Smartphone, obwohl es keine ausländische Marke ist, aber auch klein und exquisit.

In diesem Moment des Wunsches war es mir ein wenig peinlich, die alten und kaputten Sachen in meiner Tasche herauszunehmen.

Ihr Mobiltelefon war sehr abgenutzt und alt, und es war ein gebrauchtes Klapphandy.

Aber bald begann sie, ihr Verhalten zu verachten.

Obwohl es alt ist, gab Xu Junsheng die wenigen

Ersparnisse seiner Familie aus, um es für sie zu kaufen.

Obwohl es gebrochen ist, ist die Liebe dahinter unvergleichlich.

Papas Liebe ist wertvoller als tausend Goldstücke.

Ihr Handy ist Tausende von Dollar wert.

Sie bat Yao Yinyin großzügig, das zerschlissene, aber sorgfältig geschützte Mobiltelefon aus ihrer Schultasche zu holen.

Yao Yinyin blickte es mit einem Lächeln in den Augen an: „Dieses Handy ist so süß. Jetzt ist diese Art von Handy fast vergriffen. Ich kann es nicht einmal kaufen. Wünsch dir etwas, bist du auch ein Sammler? "
"

Xu Wan sah, wie ihre Augen leuchteten und konnte es nicht aus der Hand legen, während sie ihr Mobiltelefon in der Hand hielt, also lächelte sie und sagte: „Mein Vater hat es mir gegeben. "

Yao Yinyin betrachtete es neidisch und reichte es ihr, und die beiden wurden Freunde.

Ihre Wunschhand war immer noch schwach und ihr ganzer Körper war schwach. Nachdem Yao Yinyin gegangen war, legte sie sich auf das Bett und schloss die Augen.

Nach einer Weile roch sie einen angenehmen Duft, schwach, wie die Gardenien in ihrer Heimatstadt.

Vor dem Garten der Familie Xu gibt es einen Gardeniengarten. Während der Blütezeit geht Xu Wishong jeden Tag dorthin, um den Duft einzuatmen.

Sie hat ein gutes Verhältnis zum Gartenbesitzer

und der Besitzer wird ihr jedes Jahr während der Blumensaison eine Handvoll geben.

Dieser Garten ist nicht groß, nicht so groß wie Wen Rongs Garten hinter dem Haus, aber Xuanyuan gefällt er sehr gut.

Als Kind spielte sie dort noch Verstecken mit Xu Junsheng.

Mein Bewusstsein war benommen und ich fühlte mich, als wäre ich in den Gardenia-Garten meiner Heimatstadt zurückgekehrt.

Ich sah, wie Xu Junsheng sich hinter einem Baum versteckte, Xu Yuans Namen rief und sie bat, zu ihm zu kommen.

Xu Yuan lächelte und rannte durch den Garten, aber sie konnte ihren Vater nicht finden, und ihr ganzer Körper begann sich unwohl zu fühlen, sie packte sie fest am Arm und rief hilflos. Es juckt mich, Papa, es tut weh.

Aber ich konnte keine Antwort bekommen.

Es regnete und Xu Wan war im Regenvorhang gefangen. Sie hockte auf dem Boden und weinte verzweifelt.

Plötzlich spürte sie Hände, die sie hielten, und der Duft von Gardenien war stark. Sie hörte den Mann zu ihr sagen: „Wünsche dir etwas, hab keine Angst, ich bin hier. "

Die warme Handfläche ist wie die Hand eines Vaters.

Eine magnetische und sanfte Stimme, wie der Ruf eines Vaters.

Unter den beruhigenden Geräuschen schlief Xuanyuan allmählich ein.

Als ich wieder aufwachte, war es bereits Nacht.

Der Himmel war dunkel, als wäre er in zwei große Palmen gehüllt, so dunkel, dass man den Rand nicht sehen konnte.

Im Raum brannte gedämpftes Licht, und der Junge saß auf dem Sofa und blickte auf das Tintenbildschirm-E-Book in seiner Hand.

Möchte sein schönes Profil sehen, ruhig und charmant.

Jemand klopfte an die Tür und er ging hinüber und öffnete sie.

Eine Tante in den Vierzigern kam mit einem Thermoskanneneimer herein und fragte: „Fräulein, sind Sie wach? "

Wünsch dir, sie kennenzulernen.

Die Tante der Familie Xu.

Sie war ein wenig enttäuscht. Was hatte sie erwartet? Wie konnte eine so elegante und schöne Dame kommen, um die Nacht mit ihr zu verbringen?

Die Tante kam herein, warf einen Blick auf Xu Wish, die ihre Augen öffnete und kichernd sagte: „Miss ist wach. "

Zhou Yubai schloss die Tür und sah zu ihr herüber. Als er sah, dass sie wach war und offensichtlich besser aussah, atmete er heimlich erleichtert auf.

Er verspürte ein Gefühl der Angst, als er an das haarlose Aussehen des Mädchens im Laufe des Tages dachte.

„Tante hat den Brei gedünstet. Fräulein, stehen Sie auf und trinken Sie etwas. " Sie ging zur Seite und öffnete die Thermoskanne, dann brachte sie eine Schüssel und einen Löffel und sah den jungen Mann beiseite: „Dieser Klassenkamerad, haben Sie gegessen? " "

„Danke, Tante, bitte wünsch dir etwas. " Nachdem Zhou Yubai gesagt hatte, drehte er sich um und ging auf den Wunsch zu.

„Wie fühlst du dich? " fragte er.

Aus irgendeinem Grund hatte Xu Yuan immer das Gefühl, dass die Wurzeln seiner Ohren rot waren, genau wie in dieser Nacht am See.

Könnte es sein, dass sich wieder jemand über ihn lustig machte?

Sie war für einen Moment fassungslos, dann flüsterte sie: „Viel besser, ich habe ein bisschen Hunger. "

„Tante Chen wird dir sofort Essen geben. Du liest zuerst das Buch. " Der junge Mann drehte sich um und legte ihr das Tintenbildschirm-E-Book hin. „Wünsch dir etwas, alles Gute zum Geburtstag. Ich werde es herunterladen. " Geburtstagsgeschenk für Sie. „Ich habe viele Bücher gelesen, sodass Sie sie lesen können, wenn Ihnen langweilig ist. Das papierähnliche Design des Bildschirms ist nicht schädlich für Ihre Augen. "

Xu Yuan schaute auf das E-Book mit dem eingravierten Logo und die Temperatur seiner

Handfläche war auf der Rückseite zu sehen.

Es fühlt sich heiß an, wenn man es in der Handfläche berührt.

„Es ist so teuer, ich··· " Sie war etwas nervös.

Das Ding ist auf den ersten Blick nicht billig.

Der junge Mann sah sie gleichgültig an. „Für mich ist es so billig wie ein Lutscher. "

Wünsch dir was:···

„Hast du geduscht? " fragte sie beiläufig und hob den Blick.

Der Junge nickte.

Er hat auch den Duft von Duschgel, Zitronenduft, leicht und nicht aufdringlich, gemischt mit seinem einzigartigen Gardenienduft, der besonders gut riecht.

Xu wünschte, er dachte an den Traum, den er gerade gehabt hatte, und blickte den jungen Mann mit seinen Augen wie Fackeln an.

„Möchtest du Musik hören? " fragte er.

„Häh? " Das Thema wurde zu schnell angesprochen und Xu Yuan konnte nicht mithalten.

„Ich habe heute ein gutes Lied gefunden und möchte es mit Ihnen teilen. " Der junge Mann senkte den Kopf, holte sein Mobiltelefon aus der Hosentasche und öffnete die Musik-Player-Software.

Die wohlklingende Melodie hallte sanft im Raum wider.

„Ich erinnere mich gerne zurück
die Schönheit der Erinnerung

Lass die Leute wissen, wie man dankbar ist. "

„Wünschen Sie sich das Lied mit dem gleichen Namen. " Der junge Mann lächelte.

Die Augen der beiden Menschen trafen aufeinander, der eine war sanft und lächelnd, der andere ruhig und rational.

Aber der Vernünftige schien innerlich etwas aufgeregt zu sein.

Sie zupfte nervös an den Laken und nickte. „Das hört sich ziemlich gut an. Heißt dieses Lied „Make a Wish "? "

Der Junge nickte und legte sein Handy auf den Nachttisch. „Nun, es ist das, was Leo Ku und Gigi Leung gesungen haben, und es ist auch mein Geburtstagsgeschenk an dich. "

„Ich habe eine Karte geschickt

Adresse ist Gefühl

Der Name des Empfängers ist für immer "

Die romantischen und zärtlichen Texte hallten in den Ohren wider und der stille Raum wurde durch die Musik warm und schön.

„Als ob du mir eine Tasse heißen Kaffee gibst

Das Leben ist gewürzt mit deiner Sanftmut.

deine Zärtlichkeit...

Als Xu Wishong diese Texte hörte, funkelten seine Augen.

So höflich.

Sie hatte das Gefühl, dass ihre Augen wund waren.

„Ich helfe dir, das Bett anzuheben, während du isst." Der junge Mann ging zum Ende des Bettes und begann dann, das Bett auf die richtige Höhe zu schütteln. Er fragte sie: „Ist es in Ordnung?"

Der Wunsch ging in Erfüllung: „Das ist es."

Zhou Yubai nickte, setzte sich auf das Sofa, nahm ein anderes Handy und begann zu spielen.

Er ist sehr ruhig, wenn er spielt, und hat keinen Ausdruck. Er ist verlassen, aber Xu Yuan findet, dass seine Fähigkeiten überhaupt nicht schlecht sind.

Er schien alles, was er tat, gut zu machen.

Machen Sie es den Menschen leicht, ihm zu glauben.

Tante Chen kam mit dem Brei zu Xu Yuan und strich sich sanft die Haare von den Lippen zurück.

„Gibt es Gummibänder?" fragte Tante Chen.

Xu Yuan holte das Geburtstagsgeschenk, das Yao Yinyin ihr gegeben hatte, unter dem Kissen hervor und sagte: „Ja."

Tante Chen band sich lächelnd die Haare zusammen. Ihre Hände waren warm und ein wenig rau.

„Trink langsam." Tante Chen nahm einen Löffel und begann sie zu füttern.

Xu Yuan trank Haferbrei und sah den jungen Mann in der Nähe an.

Der Junge hatte wahrscheinlich vor nicht allzu langer Zeit geduscht. Er saß mit gekreuzten Beinen und einer lässigen Haltung auf dem Sofa.

Xu Wish warf einen Blick auf den Bildschirm und

stellte fest, dass er ein Schießspiel spielte. Er schien sehr gut im Schießen zu sein.

Ich weiß nicht, ob die Nacht zu sanft war, aber Xu Yuan hatte das Gefühl, dass auch Zhou Yubai seine Coolness verloren hatte und lässiger geworden war.

Heute trägt er ein weißes Kurzarmhemd mit einem blauen Hemd mit vertikalen Streifen, eine hellblaue Jeanshose und ein Paar weiße Turnschuhe. Er ist schlicht und elegant, aber dennoch jugendlich und gutaussehend.

Keiner der männlichen Stars im Fernsehen sieht so gut aus wie er.

Ich konnte nicht anders, als auf das Wunschdenken zu starren.

Tante Chen musste lächeln, als sie die Augen des Mädchens sah.

Ich bin ziemlich stolz, eine Tochter in meiner Familie zu haben.

Sie kannte Zhou Yubai, ein bekanntes Genie in der Villengegend. Er hatte ausgezeichnete Noten und ein hübsches Aussehen. Er war auch der Junge, zu dem sich Xu Ning schon lange hingezogen fühlte.

Tante Chen hatte Xu Wish als Kind umarmt. Sie war lange traurig, als Xu Wish verschwand. Jetzt, wo sie zurück ist, könnte sie nicht glücklicher sein.

Heute Nachmittag berief Wen Rong ein Treffen mit den Tanten zu Hause ein und bat sie, abwechselnd ins Krankenhaus zu gehen, um sich um Xu Wish zu kümmern. Sie sagte, dass sie sich um Xu Wish kümmern könne allein und es war nicht nötig, Schichten zu übernehmen.

Wen Rong glaubte, dass Tante Chen schon so viele Jahre darüber nachgedacht hatte, sich etwas zu wünschen, und dass sie auch eine Veteranin der Xu-Familie war. Sie arbeitete sorgfältig und war ehrlich, also nickte sie sofort.

Tante Chen traf Zhou Yubai tatsächlich am Nachmittag und sah, wie der junge Mann die Hand des schlafenden Mädchens hielt und sie herzlich tröstete.

Das Bild war warm und schön und sie wagte nicht, es zu stören.

Sie erzählte niemandem von dieser Angelegenheit, sie behielt sie einfach still in ihrem Herzen.

Sie war verzweifelt und wünschte sich etwas.

Als die Familie mit dem von zehn Xu-Familien verglichen werden.

Damals fragte Wen Rong beiläufig: „Wo wünschst du dir etwas? "

Was hat die Familie Xu gesagt? Tante Chen wird es nie in ihrem Leben vergessen.

——Wenn Sie einen Wunsch äußern, selbst wenn Sie ihn der Familie Zhou als Kindermädchen schicken, werden sie ihn nicht akzeptieren.

Diese Worte machten Tante Chen die ganze Nacht lang unglücklich.

Sie sah, dass Xu Ning viel braver war als Xu Ning,

aber ihre Gesichtszüge waren exquisit, ihre Haut war weiß und sie war definitiv hübscher als Xu Ning.

Als Tante Chen daran dachte, wurden ihre Augen weicher.

Nach dem Essen hallte wunderschöne Musik durch den Raum.

Xu Wan hob den Blick und sah den jungen Mann neben sich an. Er schien ein wenig schläfrig zu sein, gähnte und warf sein Handy beiseite.

Xu Yuan zögerte einen Moment und rief ihn dann: „Zhou Yubai, möchtest du nach Hause gehen und schlafen? "

Zhou Yubai setzte sich aufrecht hin, warf ihr einen Blick zu und sagte leichthin: „Hast du mit dem Essen fertig? "

Machen Sie einen Wunsch und nicken Sie.

Das Mädchen lag schwach auf dem Bett, ihre schönen Augen waren immer noch rot und sie hatte einen Ausschlag im Gesicht, aber sie hatte eine andere Art von Niedlichkeit.

Sie zog die Decke heraus und sah ihn gehorsam an, als wartete sie darauf, dass er auf sie zukam.

Zhou Yubai nahm das Telefon nicht und ging direkt auf sie zu: „Hast du Angst ... nachts? "

Xu Yuan lächelte. „Ist Tante Chen nicht hier? "

„Okay. " Zhou Yubai nickte, drückte die Pause-Taste auf dem Telefon, auf dem Musik abgespielt wurde, und legte es ihr erneut in die Hand. „Wenn Sie etwas brauchen, verwenden Sie dieses Telefon, um mich zu kontaktieren. "

Xu Wan blickte auf das offensichtlich teure Mobiltelefon in ihrer Hand und fühlte sich ein wenig heiß. Sie reichte ihm das Telefon. „Senior, ähm ··· ich habe ein Mobiltelefon. "

„Ich habe viele Mobiltelefone. " Nachdem Zhou Yubai zu Ende gesprochen hatte, nahm er den schwarzen Lederrucksack an der Seite, legte ihn auf eine Schulter und winkte ihr zu: „Kontaktieren Sie mich, wenn Sie etwas brauchen. "

Wünsch dir was: "..."

Warum ist dieser Senior so anmaßend?

Sie äußerte einen Wunsch und behielt ihn nicht, lehnte ihn auch nicht erneut ab und steckte das Mobiltelefon in ihre Schultasche.

Ich dachte, ich würde es ihm geben, wenn ich die Chance dazu bekomme.

Tante Chen ging, um das Geschirr zu spülen. Xu Yuan hatte nichts zu tun, also nahm sie das E-Book und begann zu lesen.

Zhou Yubai schenkte ihr viele Bücher, darunter Klassiker, chinesische Sammelbände und sogar Liebesromane.

Es war wirklich schwierig für ihn, und er hat auch speziell einige Liebesromane ausgewählt, die in letzter Zeit sehr beliebt waren.

Lesen dient der Erholung.

Das gilt für Klassiker, aber auch für romantische Romane.

Xu Wish dachte eine Weile nach, klickte dann auf „Das überhebliche Schulmädchen verliebt sich in mich " und begann zu lesen.

Als sie fasziniert aussah, wurde die Tür aufgestoßen und Tante Chen kam herein und trug ein Waschbecken.

„Miss, waschen Sie Ihr Gesicht. " Tante Chen trug ein einfaches weißes Kurzarmhemd und eine schwarz-weiß gestreifte Baumwollhose.

Dies ist das einheitliche Outfit, das Tante Xus Familie trägt.

Xu Xu legte den E-Reader auf das Kissen, nickte und krempelte die Ärmel hoch.

Erst jetzt wurde ihr klar, dass sie einen Krankenhauskittel trug.

Blaue und weiße Streifen, einheitlich im ganzen Land.

Tante Chen wischte Xu Yuans Gesicht ab und war relativ empfindlich. In diesem Moment fühlte sie sich äußerst wohl.

Ich habe das Gefühl, dass alle Poren meines Körpers geöffnet sind.

Tante Chen wischte Xu Yuans Finger ganz sanft mit einem weichen Baumwolltuch ab.

Xu Yuan hatte noch nie zuvor eine so rücksichtsvolle Behandlung genossen und fühlte sich im Moment immer noch ein wenig unwohl und ihre langen Wimpern zitterten ständig.

Nachdem sie alles abgewischt hatte, stellte Tante

Chen das Bett für Xu Yuan hin und zog die Decke für sie heraus.

Xu Yuan sah Tante Chen an und sagte leise: „Danke."

Tante Chen lächelte und sagte: „Miss, der junge Herr der Familie Zhou sieht sehr solide aus."

„Hm?" Xu Yuan blickte etwas verwirrt zu ihr auf.

Warum redest du plötzlich über Zhou Yubai?

„Nichts, nur seufzend." Tante Chen legte das Lesegerät auf das Kissen auf dem Nachttisch und fragte Wish: „Miss, können Sie mir sonst noch bei irgendetwas helfen?"

Xu Yuan dachte eine Weile nach und sagte: „Bitte gib mir das Telefon in deiner Schultasche."

Tante Chen nickte.

Xuyuan nahm das Telefon, öffnete es und sah es sich an. Es war brandneu, aber der Kontobenutzer war Zhou Yubai.

Es wird eine Menge Software heruntergeladen, und es gibt auch eine Spielesoftware, die in letzter Zeit sehr beliebt geworden ist. Wenn man darüber nachdenkt, scheint es, als würde jeder es „Hühneressen" nennen.

Es gibt auch einige Lernsoftware.

Xu Wish wischte ein wenig steif über den Bildschirm. Dies war das erste Mal, dass sie ein Smartphone berührte, und es fühlte sich sehr neu an.

Klicken Sie auf die Lernsoftware. Zhou Yubai hat sich bereits angemeldet und viele Wörter auswendig gelernt.

Xu Wish war erleichtert, es schien, dass dieses Mobiltelefon von ihm benutzt wurde.

Weißer Stil, einfach und modisch.

Er scheint Schwarz zu verwenden?

Früher benutzte er in Convenience-Stores und am Seeufer immer Schwarz, um sich Wörter einzuprägen und Spiele zu spielen.

Reiche Menschen sind wirklich luxuriös.

Ich wünschte mir etwas, ohne darüber nachzudenken, versteckte mich unter der Decke und prägte mir die Worte ein.

Sie fühlte sich schläfrig, legte ihr Telefon weg und schloss die Augen.

Als Tante Chen sah, dass das Mädchen schlief, kam sie leise herüber, steckte das Telefon zurück in ihre Schultasche und zog die Decke für sie heraus.

Nachdem alles erledigt war, schaltete sie selbstbewusst das Licht aus und ging zum Gästebett.

Das Mondlicht glänzt wie Silber auf dem Boden und macht alles weich.

Frühmorgens möchte ich mit dem Duft des Frühstücks aufwachen.

Sie öffnete ihre schläfrigen Augen und sah Wen Rong in einem exquisiten schwarzen Kleid neben dem Bett stehen und ihr heiße Milch geben.

Wen Rong zog heute ihre Haare hoch und enthüllte ihren schlanken, weißen Hals. Sie trug ein Paar Perlenohrringe an den Ohren und sah intellektuell elegant aus.

Wünsch dir, mit einem sanften Gesicht geboren zu werden, so sanft wie die Frühlingsbrise.

„Bist du wach?" Wen Rong senkte den Kopf und sah sie überrascht an.

Xu wünschte nickte und rief leise: „Mama."

Wen Rong fühlte sich ein wenig unwohl, als sie das blasse und schwache Gesicht ihrer kleinen Tochter sah.

„Es tut mir leid ... Mama wusste nicht, dass du allergisch auf Meeresfrüchte reagierst."

Wen Rong entschuldigte sich.

Ihre Augen waren rot und leicht blutunterlaufen, als hätte sie nicht gut geschlafen.

Ihre Wunschfinger bewegten sich, sie griff nach den Laken und sagte mit stummer Stimme: „Ich⋯"

„Mama weiß, dass du ein guter Junge bist. Wenn du in Zukunft auf eine solche Situation stößt, halte dich nicht fest und sag es deiner Mutter direkt, okay? Meine Mutter macht sich große Sorgen um dich."

Wen Rong sah nervös aus und schien große Angst gehabt zu haben.

Xuanyuan nickte. „Okay."

Vielleicht lag es daran, dass die Frühstücksatmosphäre harmonisch war, oder vielleicht daran, dass das Mädchen auf dem Bett so erbärmlich war, dass Wen Rong endlich bereit war, sich ihr zu öffnen.

„Yuanyuan, es ist nicht so, dass Mama dich nicht mag, es ist nur so, dass Mama Zeit braucht, weißt du? "

Xu wünschte blinzelte und sah sie an, ihre Lippen waren leicht geöffnet, sie wollte etwas sagen, aber sie sprach nie.

Sie nickte nur gehorsam, ihre Augen zeigten Traurigkeit.

Wen Rong sagte nichts mehr. Er half ihr auf und fütterte sie selbst mit dem Frühstück.

Gerade mitten in der Fütterung klingelte ihr Handy, sie nahm es entschuldigend entgegen und ging hinaus.

Er kam erst zurück, als der Brei kalt war.

Xu Wan starrte ausdruckslos auf den Brei, der seine Hitze verloren hatte, und streckte die Hand mit der Nadel darin aus, um nach der Schüssel mit Brei zu greifen.

Bevor sie ihn bekommen konnte, wurde der Brei von ihr zu Boden geworfen.

Es war, als hätte sie das Blut ihrer Mutter auf den Boden vergossen.

Als Wen Rong hereinkam, sah er eine Schüssel mit weißem Brei, die wie Müll auf den Boden geworfen worden war.

Sie war für einen Moment fassungslos, ihr Gesicht war ein wenig blass.

Das zarte Gesicht war voller Traurigkeit und Hilflosigkeit.

Sie hob den Kopf, ihre Augen waren mit dem hilflosen Wunsch verflochten.

Xu Yuan blickte auf ihre schwachen Hände und

wollte es erklären, sah aber, wie ihr Vater Wen Rongs Taille von hinten umarmte und ihr einen kalten und ekelhaften Blick zuwarf.

Dieser Blick ließ Xu Yuan am ganzen Körper zittern.

Es ist, als würde man ein Monster anschauen.

Schauen Sie sich ein Stück Müll an.

Alle Worte wurden in ihren Magen zurückgeschluckt und ihre Zunge fühlte sich taub und steifer an als vor dem Schock gestern.

„Wünsch dir etwas, du kannst es selbst machen. Es sind die Garnelen, die du selbst gegessen hast, nicht deine Mutter, die dich dazu zwingt, sie zu essen. " Nachdem Xu Zhenhai zu Ende gesprochen hatte, hielt er Wen Rongs schlanke Taille und ging hinaus.

"NEIN……"

„So ist es nicht… " Nadel.

Aber was sollte ich tun? Meine Mutter hat sie so sehr gehasst, dass sie sich nicht einmal traute zu sprechen.

Selbst wenn sie den Mund öffnet, wird man sagen, dass sie sich entschuldigt!

Aber es ist wahr!

Sie meinte es wirklich nicht so.

Warum glaubst du ihr nicht, warum glaubst du, dass sie sie absichtlich umgeworfen hat?

Warum!

Das Mädchen weinte verzweifelt.

Ihre Augen waren vom Weinen gerötet und ihre

Handrücken bluteten und durchnässten die rosa Steppdecke.

Auf der Steppdecke blühte eine rote Blume, die besonders blendend war.

Inmitten des Schmerzes hielt plötzlich eine lange, schneeweiße Hand einen Wattebausch, drückte ihn auf den Rücken ihrer blutenden Hand und drückte dann hastig auf die Klingel.

„Warum ist da plötzlich Blut? Liegt es daran, dass du nicht genug Brei hast? "

Xu Yuan hob den Blick und begegnete den fürsorglichen und sanften Augen des jungen Mannes.

Sie war wie ein Kind, das ins Wasser fiel und sich fest an seine Taille drückte.

Der Wattebausch fiel herunter und die Kleidung des Jungen war rot mit Blut befleckt.

Sie warf sich in seine Arme und weinte gleichgültig.

„Weine nicht, was ist los? Tut es weh? "

Machen Sie einen Wunsch und schütteln Sie den Kopf.

Es tut nicht weh.

Es ist nur so, dass sie verzweifelt ist.

„Was soll ich tun? Zhou Yubai, ich fühle mich so unwohl. "

„Wo fühlst du dich unwohl? "

"Mein Herz tut weh."

Ein paar warme Handflächen berührten ihr Haar. „Wünsch dir etwas! Der deutsche Philosoph Schopenhauer sagte einmal, dass eine der besonderen

Schwächen der menschlichen Natur darin besteht, sich darum zu kümmern, wie andere dich sehen. "

„Machen Sie sich keine Sorgen darüber, wie andere Sie sehen. Das Wichtigste ist, wie Sie sich selbst sehen. Der letzte Satz wurde von Zhou Yubai gesagt, einem unbekannten chinesischen Philosophen. "

Er war für einen Moment fassungslos, als er den Wunsch äußerte.

Die Stimme des Jungen war klar und schön, wie die schönste Melodie der Welt.

Ihr Herz wurde plötzlich geöffnet.

„Wünsch dir etwas, alles und jeder auf der Welt kann dich verraten, nur Wissen wird dich nicht verraten. Ich habe viele Bücher für dich heruntergeladen und in den Reader gelegt. Du solltest dich mit Lesen wappnen, dich stärken und von nun an „Besorgen Sie sich Ernährung aus Büchern und stellen Sie Ihre Erwartungen nicht an andere. "

Zhou Yubai sah sie fest und tief an.

Aus der Haltung von Xu Wishs Eltern erschloss er auch etwas über die aktuelle Situation von Xu Wish und sagte dies nur, um sie zu besänftigen.

Nachdem sie das gesagt hatte, hatte Xu Yuan vergessen zu weinen. Sie hob den Blick, um den jungen Mann anzusehen, und sah, dass er sie ernst ansah.

Zu diesem Zeitpunkt stieß die Krankenschwester die Tür auf und sah den Raum voller unordentlicher Haare und Blut. Sie hatte solche Angst, dass sie fast die Polizei gerufen hätte.

„Junger Mann, du solltest abstinent sein. Deine Freundin ist immer noch krank. Egal wie ängstlich du bist, du musst es ertragen!"

Zhou Yubai:?

Wünsch dir was:?

Einer groß und einer klein, beide sahen sie an.

Die Krankenschwester blickte auf das Mädchen, das auf dem Bett kniete und dessen Hände immer noch die Taille des Jungen hielten.

Ihr Gesicht war gerötet und ihr Mund war immer noch rot und geschwollen.

Es war ihr zu peinlich, es anzusehen.

Er warf Zhou Yubai einen Blick zu und runzelte die Stirn. „Warum lässt du deine Freundin nicht schnell ins Bett? Ist ihr nicht kalt?"

„Mir ist nicht kalt." Xu Yuans Stimme war heiser.

„Wollen Sie immer noch weitermachen?" Die Krankenschwester konnte es nicht glauben. Haben die jungen Leute jetzt zu viel Spaß?

Wünsch dir was:?

weitermachen? Weiter mit was? Heul weiter?

Kapitel 14 Weiße Iris

„Sehen Sie, wie klebrig es ist. Ihr zwei hattet doch gerade Sex, oder?" Die Krankenschwester schob den medizinischen Wagen hinüber und schaute auf die Nadel, die Xu gerne entfernt hätte. Sie seufzte und sagte: „Manchmal sollte man zurückhaltender sein."

Der Wunsch folgte ihrem Blick und landete auf ihrer Hand auf Zhou Yubais Taille.

Gerade weinte sie nur und spürte noch nichts. Jetzt spürte Xu Yuan deutlich den Charme männlicher Energie.

Zhou Yubai sieht groß und dünn aus, aber in seiner Kleidung verbirgt sich tatsächlich eine sehr hübsche Figur.

Ich habe es gespürt, als ich das letzte Mal ins Wasser fiel und mir etwas wünschte.

Jetzt fing sie an, es zu berühren.

Der Körper des jungen Mannes unter der Kleidung war schlank und stark. Im Gegensatz zum weichen Fleisch an Xu Yuans Körper war das Fleisch an Zhou Yubais Taille hart, zack, und ein wenig körnig.

Als sie etwas bemerkte, wurde ihr die Handfläche heiß und sie hob den Blick, um Zhou Yubai anzusehen. Er war groß, und aus diesem „feenhaften " Blickwinkel konnte er nur seine anmutigen Linien erkennen.

Zhou Yubai war sich ihres Blicks bewusst und senkte den Blick.

Ihre Blicke trafen sich.

Ich möchte seine wunderschönen Gesichtszüge deutlich sehen, so exquisit wie ein Gemälde.

"Bist du müde?"

Die Stimme des jungen Mannes war klar und magnetisch, wie der schwankende elektrische Ton im Radio.

„Ah? " Xu Wish war etwas verwirrt.

„Hast du es satt, den Kopf zu heben? " fragte er noch einmal.

Das neben ihr kuschelnde Mädchen hatte ein gerötetes Gesicht, ihre klaren, mandelförmigen Augen waren weit geöffnet und ihre langen Wimpern waren nass, wie bei einem verletzten Kätzchen.

Zhou Yubai konnte nicht anders, als seine Stimme zu senken, aus Angst, sie in diesem Moment zu stören.

Tatsächlich ist seine Idee, sich etwas zu wünschen, sehr einfach. Er ist so schwach und süß wie ein Kätzchen, und sein Lieblingstier ist ein Kätzchen.

Zhou Yubais Hobby ist ebenfalls sehr einfach: Katzen streicheln und Bücher lesen.

Vor Kurzem habe ich mir ein neues Hobby zugelegt: die Betreuung schwacher Kätzchen.

Die Krankenschwester an der Seite war fassungslos.

Der Junge ist groß und gutaussehend, und das Mädchen ist zierlich und exquisit.

Die beiden sahen sich an und die Wangen des Mädchens waren wie reife Tomaten auf dem Feld.

Die Zeit steht still.

Es schien, als ob rosa Blasen in der Luft schwebten.

„Sie haben sie gefragt, ob sie müde sei, aber sie ist immer noch nicht aus dem Weg gegangen. " Die Krankenschwester kam zur Besinnung.

Er kam mit einem Tourniquet und einer neuen Spritze herüber, blickte das junge Paar an und seufzte: „Es wird Sie nicht beeinträchtigen, selbst wenn Sie im Krankenhaus sind. "

„Wir sind nicht···", erklärte Xu Yuan, „wir sind

nur Klassenkameraden. "

Das Mädchen hat großmütige Augen, langes schwarzes Haar, das ihr über den Rücken hängt, ein ovales Gesicht, große Augen, so rein wie eine kleine weiße Blume.

„Setz dich ", sagte Zhou Yubai.

Machen Sie einen Wunsch und setzen Sie sich gehorsam hin.

„Nimm deine Hände raus. "

Machen Sie einen Wunsch und strecken Sie gehorsam Ihre Hand aus.

Die Krankenschwester an der Seite warf ihr einen Blick zu. „Glauben Sie, dass ich Ihnen glaube? "

Xu Wish verzog die Lippen und hörte auf zu reden.

Nachdem sie die Nadel wieder eingeführt hatte, sah die Krankenschwester Zhou Yubai an und sagte: „Lass sie sich nicht erkälten. "

Zhou Yubai nickte. „Okay. "

Die Krankenschwester seufzte hilflos, schob den Wagen und ging hinaus.

Es herrschte Stille im Raum.

"Habe ich".

Die bekannte QQ-Nachricht ertönte.

Xu Yuan wandte sich dem Mobiltelefon zu, das Zhou Yubai gerade auf den Tisch gelegt hatte. Der Bildschirm leuchtete auf und es war eine Nachricht von Jiang Song.

——Jiang Jiang: Yu Bai, ist mein Mantel bei dir zu Hause?

Mein Herz sank, als ich mir etwas wünschte.

Meine Brust pochte vor dickem und dünnem Schmerz.

Sie wandte ruhig ihren Blick ab.

Zhou Yubai nahm das Telefon, warf einen Blick darauf, steckte es wieder in die Tasche und sah sie an: „Ich gehe zum Unterricht. Vielleicht habe ich am Abend etwas zu tun und kann nicht kommen. " Yao Yinyin bringt dir nach dem Unterricht deine Hausaufgaben. Wenn du müde bist, kannst du zuerst gehen. Ja, du kannst mir alle Fragen stellen, die du nicht weißt.

Ihr Kopf wurde leer, Xu Yuan hob den Blick, um ihn anzusehen, und hielt die Fragen in ihrem Herzen zurück.

Sie schien nicht qualifiziert zu sein, nach seinen Angelegenheiten zu fragen.

Zhou Yubai schenkte ihr nur kurz etwas Wärme.

„Okay. " Nach einer langen Zeit hörte sie ihre eigene lustlose Stimme.

„Fühlst du dich wieder unwohl? " Der junge Mann war etwas nervös.

„Es ist okay. " Sie senkte den Kopf.

Nach einem Moment blickte sie wieder auf, ihre rosa Lippen waren etwas trocken. Sie zupfte an den Laken und sagte leise: „Danke. "

Zhou Yubai trug seinen Rucksack auf einer Schulter und hob die Augenbrauen. „Du solltest auf deine jüngere Schwester aufpassen. "

Ich möchte ihn fragen: Kümmert er sich oft um seine Schulkameraden? Aber er traute sich nicht zu sprechen.

Sie ist zu minderwertig und schüchtern.

Ich konnte mich nur ins Bett legen und düster sagen: „Auf Wiedersehen, Senior. "

Zhou Yubai ging.

Das Zimmer war ruhig.

Sehr ruhig.

Xu Yuan enthüllte ein Augenpaar unter der Decke, die Enden seiner Augen waren rot, als ob ihm großes Unrecht widerfahren wäre.

Was sollte ich tun? Es schien, als würde sie auch die letzte Spur von Wärme verlieren.

Die kristallklaren Augen des kleinen Mädchens blickten auf den Topf mit grünem Rettich, der im Wind auf dem Fensterbrett flatterte.

Die Fenster im Krankenhaus waren mit Stahldraht dicht verschlossen, sodass nur wenige kleine Risse blieben.

Aber der Topf mit dem grünen Rettich genoss es, in einer so kleinen Lücke im warmen Wind zu schwanken.

Ich wünschte, die Augen würden leuchten.

Ich wischte mir mit einem Taschentuch die Augen und begann wieder, mir Wörter zu merken.

Zhou Yubai dachte dasselbe wie sie, nur Wissen würde sie niemals verraten.

Am Abend kam Zhou Yubai nicht, aber wie er sagte, kam Yao Yinyin mit ihren Hausaufgaben.

Yao Yinyin hat eine lebhafte Persönlichkeit und

sitzt neben ihr und redet ununterbrochen.

Tante Chen schälte für die beiden Äpfel, blickte gelegentlich auf und warf ein.

Die Atmosphäre ist warm und einladend.

Machen Sie einfach von Zeit zu Zeit den Wunsch, einen Blick auf die Tür zu werfen.

Ich weiß nicht, wessen Ankunft ich erwarte.

„Kommt, Kinder, isst Äpfel. " Tante Chen schnitt die wunderschön geschälten Äpfel ab und reichte sie.

Yao Yinyin nahm den Apfel, warf einen Blick auf die perfekt geschälte Schale im Mülleimer und rief: „Tante, deine Fähigkeiten im Apfelschälen sind so großartig. "

Tante Chen lächelte verlegen. „Das ist alles, was ich habe. "

Yao Yinyin hob den Daumen: „Sie sind zu bescheiden. Ihr Fachwissen hat 90 % der Menschen im Land besiegt. "

Nachdem sie das gesagt hatte, biss sie in den Apfel, schaute zur Seite und wünschte sich schweigend: „Wünsche, findest du es nicht toll? "

Xu Wish kam wieder zur Besinnung und nickte: „Ja. "

Sie beneidete Yao Yinyin plötzlich sehr. Sie wirkte herzlos, aber jedes Wort, das sie sagte, war genau richtig und brachte alle um sie herum zum Lächeln.

Yao Yinyin wusste nicht, woran sie dachte, und tätschelte aufgeregt ihren Oberschenkel. „Ich erinnere mich, dass heute eine andere Transferschülerin an unsere Schule kam. Sie ist eine langbeinige Schönheit.

Sobald sie die Schule betrat, drehten sich alle um. "Langsam herumlaufen. Schön Die Schönheit der Welt muss in den Schatten gestellt werden.

„Ah? " Xu Yuan wurde energischer, als er die Schönheit hörte.

„Wünsch dir was, du stehst auch auf schöne Frauen, oder? "

Machen Sie einen Wunsch und nicken Sie.

Yao Yinyin schob den Stuhl sofort an ihre Seite, ergriff ihre Hand und ihre Augen leuchteten: „Diese Schönheit sieht aus wie Cecilia Cheung, sie ist eine sehr majestätische Schönheit. Ich habe sie nur einmal angeschaut und war schockiert. Ich habe es nicht getan. " lange sprechen. "

Tante Chen lächelte und sagte: „So schön? "

Yao Yinyin nickte wie ein Rasseln.

„Aber ich verstehe wirklich nicht, warum ein Oberstufenschüler an eine andere Schule wechselt. Normalerweise würden Schulen dem nicht zustimmen, aber es scheint, als hätte die Familie dieser Schönheit ein Gebäude in der Schule gesponsert. "

„So mächtig? " Xu Yuan setzte sich ebenfalls aufrecht hin, ein wenig unglaublich.

„Nun, in welche Klasse gehst du im letzten Jahr der High School? " fragte sie beiläufig.

„Klasse 30, die gleiche Klasse wie Zhou Yubai und Liang Yi, aber warum habe ich das Gefühl, dass dieses Mädchen für die 10. Klasse hier ist? " Yao Yinyin war nachdenklich, sie legte ihren Apfel weg und nahm ihr

Telefon. „Nein, das habe ich. " eine Nachricht an Liang Yi zu senden und zu fragen. "

Im Raum wurde es still.

Man hörte nur das Geräusch von Yao Yinyin, der auf der Tastatur tippte.

„Ist diese schöne Frau namens Jiang Song? "

Die sanfte Stimme eines Wunsches ertönte.

Yao Yinyin legte ihr Handy weg und sah sie überrascht an. „Woher wusstest du das? "

„Hat Zhou Yubai es dir erzählt? "

Xu Wish sagte nichts, sondern senkte nur den Kopf, holte die Haarsträhne des Kaninchens unter dem Kissen hervor und band seine langen, losen Haare zusammen.

Sie glaubte wahrscheinlich zu wissen, warum Zhou Yubai heute nicht gekommen war.

Jiang Song.

Der Name ist großartig.

Wie ihr Name vermuten lässt, muss Jiang Song ein majestätisches, schönes und charmantes Mädchen sein.

„Wünsch dir etwas, dieser Haargummi steht dir sehr gut! " Yao Yinyin ging hinüber und ordnete die kaputten Haare um ihre Ohren. „Du siehst auch gut aus. "

„Ich sehe nicht gut aus. " Xu Yuan senkte den Kopf, seine hellen Ohren wurden rot.

„Wer hat das gesagt? Sie hat helle Haut, große Augen und ein kleines Gesicht. Sie ist sehr schön. "

„Nun, die junge Dame ist in der Tat eine Schönheit,

genau wie meine Frau. " Tante Chen schien nebenbei eine enge Freundin getroffen zu haben und reichte Yao Yinyin einen weiteren Apfel. „Ich denke, die junge Dame sollte ihren Pony gerade schneiden. " Ihren Körper wachsen lassen. Es wird auf jeden Fall großartig aussehen.

Yao Yinyin hob den Kopf und warf einen Blick auf den Wunsch auf dem Bett, dann auf ihr wunderschönes Melonenkerngesicht und nickte: „Wunsch ist wie das weiße Mondlicht im Roman – ihre Kindheit, dünn und erbärmlich. "

Xu Yuan warf ihr einen Blick zu und schmollte: „Danke. "

Yao Yinyin lächelte und sagte: „Wünsch dir etwas, dein schmollender Blick ist so süß, du solltest so voller Leben sein. "

Tante Chen nickte. „Ich stimme zu. "

Wünsch dir was:⋯

„Tante Chen, hast du eine Schere? " fragte Yao Yinyin.

Tante Chen schüttelte den Kopf. „Nein, aber ich kann mir eines in der Krankenstation ausleihen. "

Xu Yuan sah Yao Yinyin misstrauisch an. „Yao Yinyin, was möchtest du tun? "

Yao Yinyin lächelte und zeigte zwei süße kleine Tigerzähne. „Natürlich quäle ich dich! "

Sie ergriff ihre Hände und sagte mit einem Lächeln: „Wünsch dir was, ich denke, du bist sehr gut für einen

Dutt und Pony geeignet. Du bist rein und süß. "

Die Nadel auf dem Rücken der Wunschhand war entfernt worden und es tat nicht weh, als sie von Yao Yinyins weicher Hand gehalten wurde, aber die plötzliche Intimität war ihr immer noch ein wenig unangenehm, sie blinzelte und fühlte sich ein wenig nervös.

„Wünsch dir etwas, ich entschuldige mich für meine bisherige Unwissenheit. " Yao Yinyin kuschelte sich wie ein Kind neben sie.

„Was? " Xu Yuans Körper war nicht mehr so nervös wie zuvor. Sie schluckte und sah das süße und lebhafte Mädchen vor sich an. „Warum entschuldigst du dich bei mir? "

„Ich war vorher unwissend, und als ich sah, wie du Xu Ning nachgabst, verachtete ich dich. " Sie senkte den Kopf und war ein wenig traurig.

„Es ist in Ordnung. " Xu wünschte, sie wäre an solche Intimität nicht gewöhnt und wehrte sich sogar.

„Wünsch dir was, hast du Freunde? " fragte Yao Yinyin.

Xu wünschte, sie schüttelte den Kopf, sie brauchte keine Freunde.

„Aristoteles hat einmal gesagt: Habe keine Freunde und habe nicht zu viele Freunde. " Yao Yinyin ist selten so philosophisch.

„Wünsch dir was, bist du einsam ohne Freunde? " fragte Yao Yinyin sie neugierig.

Sich etwas zu wünschen ist einsam. Sie sehnt sich nach Wärme, hat aber auch Angst davor, sich an Wärme zu gewöhnen.

Anstatt zu gewinnen und zu verlieren, könnte sie sich lieber daran gewöhnen, allein zu sein.

Da Yao Yinyin sah, dass sie nicht antworten wollte, stellte sie keine weiteren Fragen.

Gerade noch rechtzeitig lieh sich Tante Chen eine Schere und die beiden versammelten sich aufgeregt um Xu Wan und besprachen, wie man sie schneidet.

Yao Yinyin findet Xu Yuans Stirn hübsch, prall und rund und hat Lanugo-Haare. Bei einer solchen Gesichtsform sieht jede Frisur gut aus. Sie schlug vor, dass der Pony nicht zu kurz sein oder stumpf aussehen sollte.

Aber Tante Chen findet, dass Xu Yuans Pony schöner und voller Vitalität wird, wenn sie ihn kürzer schneidet.

Am Ende diskutierten die beiden vergeblich darüber und drehten sich um, um nach einem Wunsch zu fragen.

Xu Wishan hatte kürzlich einen Akneausbruch auf der Stirn und wollte ihren Pony abschneiden, um ihn zu vertuschen.

Am Ende habe ich beschlossen, mich auf Yao Yinyins Meinung zu beziehen. Der Pony ist länger und neben den Ohrläppchen ist ein Büschel übrig. Das Gesamtbild ist koreanischer und süßer.

Yao Yinyin war sehr aufgeregt.

Da sie gut im Papierschneiden war, wurde ihr diese wichtige Aufgabe überlassen.

Diese Nacht leitete Xu Yuan mit Hilfe der beiden erfolgreich eine völlig neue Verwandlung ein, die ihr ein sehr süßes Gefühl gab.

„Die Handwerkskunst ist wirklich gut und es sieht so schön aus! " Tante Chen konnte nicht anders, als dieses fröhliche Mädchen zu bewundern.

„Hehe, lass mich einfach sagen, dass meine Handwerkskunst nicht schlecht ist! " Yao Yinyin war so aufgeregt, dass sie Xu Wan den Spiegel reichte.

Das Mädchen im Spiegel hat helle Haut, die roten Flecken in ihrem Gesicht sind verblasst und ihr dünner Pony sieht noch kindlicher aus.

Unter dem Pony befinden sich ein Paar klare und runde Mandelaugen mit rosa Lippen.

Sehr süß.

„Es ist wirklich aufregend. " Yao Yinyin nahm einen Kamm und glättete Xu Wans langes schwarzes Haar. „Wu Wans Haar ist von wirklich guter Qualität, dünn und weich und es gibt keine Spliss. "

Sie waren so schüchtern, etwas zu wünschen.

Ich seufzte auch ein wenig, als ich mich im Spiegel sah.

Tatsächlich ist es nicht anders als früher, aber es ist in letzter Zeit nur fleischiger geworden?

„Ich bin immer noch etwas dünner. Ich werde einfach auf mich selbst aufpassen. " Tante Chen stand mit der Schere auf und warf Wish einen erleichterten

Blick zu: „Miss, ich werde die Schere zurückgeben. "

Xu Wish nickte, noch immer etwas ungewohnt, so weich und zerbrechlich im Spiegel auszusehen.

Sie blinzelte und wirkte etwas weicher als zuvor?

—

Nachdem Yao Yinyin mit dem Haareschneiden fertig war, schaute sie auf die Uhr und es wurde schon spät. Sie ließ ihre Hausaufgaben zurück, gab einige Anweisungen und ging dann.

Im Raum wurde es wieder still und Xu Wishong streckte ihre schlanken Finger über das weiße Smartphone aus.

Die Tür wurde von außen aufgestoßen. Die dünnen Augenlider des Mädchens öffneten sich und sie kam mit einer Schüssel Brei herein.

Xu Wish senkte enttäuscht den Kopf.

Diese Nacht ist langweilig und einsam.

Zum ersten Mal fühlte sich Xu Wan beim Lernen etwas geistesabwesend.

Aber gleichzeitig verstand sie auch, dass Zhou Yubai definitiv zu einem Stolperstein auf ihrem Weg zum Erfolg werden würde, wenn sie ihr Herz nicht unter Kontrolle hätte.

Sie hat ein kleines Herz und könnte ein Liebesköpfchen sein.

Wenn Sie sich in jemanden verlieben, riskieren Sie möglicherweise Ihr Leben.

Deshalb muss sie diesen Samen entwurzeln, bevor er Wurzeln schlägt und sprießt, damit es in Zukunft keine Probleme mehr gibt.

Lao Po Xiao war schockiert.

Xu Yuan hob es auf und sah es sich an. Es war eine SMS von Yao Yinyin.

――Yin Yin ist ein Friseur: Wünsch dir was, Liang hat mir auch geantwortet.

Mein Wunschherz zitterte, und ich unterdrückte meine Neugier und fragte nicht.

Yao Yinyin wusste nicht, was sie dachte, also schickte sie sofort eine weitere Nachricht.

――Yin Yin ist Friseurin: Jiang Song ist die Kindheitsfreundin von Zhou Yubai und Liang Yi. Sie ist seit ihrer Kindheit heimlich in Zhou Yubai verliebt und verrückt nach ihnen. Sie lernte alle Spiele, die er spielte. Er mochte westliche Philosophie, also ging sie nach England, um westliche Klassiker zu studieren. Was für eine magische Liebe!

Xuanyuan hatte Schmerzen in der Brust.

Plötzlich erinnerte sie sich daran, dass sie in dieser Nacht von jemandem gemobbt wurde und ein junger Mann mit sehr schönen kurzen kastanienbraunen Haaren kam und seine geraden und schlanken Beine hart nach dem jungen Mann traten Zweig.

Dann hob er den Blick und blickte sie an.

Seine Augen waren hell.

Aber sie war so nervös, dass sie vergaß zu atmen.

Vielleicht war es für ihn einfach eine einfache Sache, ihr von Anfang an zu helfen.

Wie er sagte, war es für ihn so einfach, ihr etwas Teures zu schenken wie einen Lutscher.

Sie erinnerte sich daran, was Yao Yinyin gesagt hatte, dass die Familie von Jiang Song ein Gebäude in der Schule gesponsert habe, damit sie die Nanyi High School besuchen könne.

Sie haben den gleichen Geist.

Vielleicht wurde es geboren.

Aber es scheint nichts mit ihr zu tun zu haben.

Sie nahm den Lutscher in ihre Tasche.

Es wurde ihr von Zhou Yubai gegeben, als der alte Mann in dieser Nacht ins Wasser fiel.

Sie zögerte beim Essen, weil sie dachte, dass es nach dem Essen verschwinden würde.

Aber heute Abend riss sie den Mantel des Lutschers auf und steckte ihn in ihren Mund.

Süß-saurer Apfelgeschmack.

lecker.

Aber auch sehr sauer.

Kapitel 15 Weiße Iris

Familie Zhou bei Nacht.

Die Lichter sind hell.

Die Tür war voller rauchrosa Rosen, die gerade vom Besitzer gegossen worden waren. Das kristallklare Wasser reflektierte ein blendendes Licht.

Die Tür wurde geöffnet und ein großer junger Mann mit einer ledernen Schultasche auf der Schulter und gleichgültiger Miene kam zum Vorschein.

Er ist groß und trägt ein weißes Kurzarmhemd und

eine Jeanshose, die seine geraden, schlanken Beine umschließt.

Nachdem er die Tür betreten hatte, blieb er stehen und blickte auf die nicht weit entfernte Villa der Familie Xu.

Die Villa ist hell erleuchtet und steht im Schatten der Sträucher.

Nachdem er ihn angesehen hatte, schaute er weg.

Seine jadeähnlichen langen Finger griffen in seine Hosentasche, berührten den Bildschirm seines Telefons und dann nahm er plötzlich seine Hand zurück.

Vergiss es, es ist zu spät, mach dir keine Sorgen.

„Yu Bai, warte auf mich! "

Hinter ihm kam ein Mädchen, das eine Baskenmütze, schwarz-weiße Streifen und ein ärmelloses Kleid trug.

Das Mädchen hat goldenes lockiges Haar, dick und weich.

In ihren Händen hielt sie mehrere ungeöffnete Bücher und an ihrem schlanken Handgelenk trug sie eine wertvolle Damenuhr.

„Yu Bai, du ignorierst mich schon wieder! " Jiang Song stampfte mit den Füßen und starrte ihn böse an.

Sie ist groß, aber vor Zhou Yubai ist sie immer noch nicht groß genug.

„Warum folgen Sie mir? " Der junge Mann sagte gleichgültig: „Kommen Sie zum Abendessen der Familie Zhou? "

Jiang Song ignorierte ihn.

Sie war an die lauwarme Haltung des Jungen gewöhnt, aber wenn er mit ihr reden konnte, war er nicht schlecht gelaunt.

Niemand auf dieser Welt versteht jede seiner Bewegungen besser als Jiang Song.

Er fehlt ihr am tiefsten im Herzen.

In London erinnerte sich Jiang Song in unzähligen Nächten unzählige Male an seine Worte und Taten.

Ihre Liebe ist verrückt und leidenschaftlich.

Jiang Song warf einen tiefen Blick auf den jungen Mann und seine Augen flackerten vor Spott. „Zhou Yubai, du bist so schlau, warum hast du nicht gedacht, dass heute mein Rückbankett sein würde? "

Nachdem sie gesprochen hatte, lehnte sie sich an die Tür und sagte mit einem Lächeln: „Zhou Yubai, hat Tante dir gesagt, dass du zum heutigen Essen zurückkommen musst? "

Zhou Yubais klare Augenbrauen waren voller Wut und er warf ihr einen kalten Blick zu: „Jiang Song, du entfernst dich zu weit. "

Der junge Mann stand stolz da, sein Charakter war offensichtlich sehr kalt, aber in diesem Moment brannte er vor Wut.

Jiang Song schüttelte den Kopf und warf alle Bücher in seine Hände, ganz neu und ungeöffnet. Das ist ein lange verlorener Schatz. Endlich habe ich ihn bekommen. "

„Nein. " Der junge Mann schob ihr das Buch erneut zu.

Jiang Song hatte es nicht eilig, hob einfach das Buch auf und warf es wie Müll auf den Boden.

Es gab nur ein „Knacken"-Geräusch und die Bücher lagen verstreut auf dem Boden, was die Ruhe der Nacht störte.

„Es gefällt dir nicht? Mir gefällt es auch nicht, was soll ich tun? Das Mädchen lächelte böse und ihre Augen im Mondlicht waren so schlau wie ein Fuchs. "

Zhou Yubai betrachtete die auf dem Boden verstreuten Bücher und verspürte ein Gefühl der Verzweiflung in seiner Brust: „Jiang Song, das reicht. "

Jiang Song hörte nicht zu, aber sie sah einfach gerne seinen Gesichtsausdruck, ob wütend oder unzufrieden, sie war verrückt und besessen von ihm.

Sie hatte sich bereits bis auf die Knochen in ihn verliebt.

Ihn aufzugeben ist, als würde man einem ein Stück Fleisch vom Körper abschneiden.

Das Mädchen verschränkte die Arme vor der Brust und bewunderte den immer ungeduldiger werdenden Gesichtsausdruck des Jungen im Mondlicht, ihre roten Lippen leicht gebogen. „Yu Bai, wir sind dazu bestimmt, zusammen zu sein, nicht wahr? Niemand kann uns trennen. "

Nachdem sie das gesagt hatte, drehte sie sich um.

Das goldene lockige Haar schwebte und der Duft von Rosenblüten kam.

Sie blickte auf den Rosengarten im Hof, ein Lächeln

lief über ihre Augen.

Sie hat diesen Rosengarten mit Zhous Mutter angelegt.

Sie ist in jeden Winkel der Zhou-Familie eingedrungen.

Niemand kann sie von Zhou Yubai trennen.

Wenn ja, muss sie ein schlechtes Ende gehabt haben.

Jiang Song lächelte und sah ein Paar in der Nähe an. Sie streckte hastig ihre Hände aus und rannte auf sie zu. „Tante, Onkel, Jiang Jiang vermisst dich! "

Sehen Sie, alle ihre sozialen Interaktionen drehen sich um ihn.

Zhou Yubai, niemand kann uns trennen.

Zhou Yubai ist verschwunden.

Genauer gesagt verschwand er im Leben des Wunsches.

Xu Wan blieb fünf Tage im Krankenhaus und wurde entlassen.

Am Tag ihrer Entlassung aus dem Krankenhaus regnete es, sodass die Familie Xu nur einen Fahrer schickte, um sie und Tante Chen abzuholen.

Im nebligen Regen ging Xu Yuan mit Hilfe von Tante Chen zum Auto.

Bevor sie ging, blickte sie noch lange durch die Glasscheibe auf das in Rauch gehüllte Krankenhaus.

kam nicht.

Auch am letzten Tag erschien er nicht.

Ich weiß nicht, was ich erwarte. Es sollte

überhaupt keine Überschneidungen geben.

Wie können sich parallele Linien schneiden?

Das liegt daran, dass sie zu viel nachdenkt.

Machen Sie einen Wunsch und drehen Sie den Kopf, legen Sie sich auf den Autositz, schließen Sie die Augen und ruhen Sie sich aus.

Der leichte Regen prasselte vor dem Fenster und klopfte sanft gegen die Autoscheibe, wie ein melodisches Musikstück.

Nachdem wir eine Weile das Schauspiel der Natur genossen hatten, kamen wir an der Haustür der Familie Xu an.

Sie warf einen Blick zur Tür. Sie war leer.

Niemand kam, um sie abzuholen.

Xu Wans Augen fühlten sich ein wenig warm an.

Sie rieb sich die Augen, holte tief Luft und ging hinaus.

Die Familie Xu war still und still, niemand war in der Nähe.

Später konnte Tante Chen es nicht ertragen, ihr zu erzählen, dass die vierköpfige Familie ausgegangen war, um Hot Pot zu essen.

Xu Wish nickte ruhig und es war ihm egal.

Mein Herz ist bereits sehr enttäuscht und ich fühle mich nicht noch trauriger.

Sie ging die Treppe zum zweiten Stock hinauf.

Ihr Zimmer war immer noch dasselbe wie vor ihrer Abreise, ordentlich und leer.

Sie saß an ihrem Schreibtisch, schaute aus dem

Fenster in das regnerische und neblige Fenster und blinzelte mit ihren sauren Augen.

Ohne lange nachzudenken, holte das Mädchen das E-Book und das Mobiltelefon, die ihr der Junge gegeben hatte, aus ihrer Schultasche.

Sie legte es auf den Tisch und betrachtete es ein paar Mal ausdruckslos.

Das Smartphone, das sie sich in der Vergangenheit unbedingt gewünscht hatte, schien nichts Neues zu sein, als man es ihr jetzt vorlegte.

Nachdem ich darüber nachgedacht hatte, wickelte ich den Wunsch in eine Aufbewahrungstasche und legte ihn in die Schublade.

Sie kann diese Dinge nicht akzeptieren.

Obwohl es ihm egal war, konnte sie es sich für sie nicht leisten.

Mit all dem Geld, das sie hatte, konnte sie nicht einmal ein Original-Datenkabel kaufen.

Sie hatte vor, das Wochenende für Gelegenheitsarbeiten zu nutzen, was für die Familie Xu auf lange Sicht keine Lösung war.

Sie fühlt sich hier nicht sicher.

Es fühlt sich an, als würde das Unternehmen Mitarbeiter zum Jahresende entlassen, und sie finden nur einen Vorwand, sie irgendwann zu entlassen.

Es ist ein Traum, du wirst immer aufwachen.

Das Messer steckte an seinem Hals und er könnte es irgendwann abgeschnitten haben.

Sie muss einen bestimmten Geldbetrag haben, ihn

in die Tasche stecken, vielleicht kann er damit ihre dringendsten Bedürfnisse retten.

Die Entscheidung fällt durch einen Wunsch, alles hängt von einem selbst ab.

Draußen nieselte es, also hielt ich meinen Regenschirm hoch und ging hinaus.

Als sie die vertraute Straße erreichte, sah Xu den Supermarkt vor sich. Dort traf sie Zhou Yubai das letzte Mal.

Sie ging nicht dorthin, sondern wählte die entgegengesetzte Richtung.

Nanyi City ist eine lebenswerte Stadt mit Einkaufszentren und Einkaufszentren überall. An manchen Orten gibt es mehrere Einkaufszentren in einer Straße.

Die geschäftige Welt ist blendend.

Ein westliches Restaurant im obersten Stockwerk eines Gebäudes rekrutierte Leute. Xu Yuan warf einen Blick auf die Bewerbungsunterlagen, drückte den Aufzug und ging hinein.

Mit dem Aufzug gelangt man in die oberste Etage.

Wünsch dir etwas, atme tief durch und passe deine Mentalität an.

Mit einem Piepton öffnete sich die Aufzugstür.

Sie hob den Blick und sah eine bekannte Gestalt vor der Tür.

Der Junge trug ein Paar milchig-weiße, lockere Kurzarmhemden mit einem bekannten Logo auf der Brust.

Seine schlanken und kräftigen Arme tippten und seine schwarze Freizeithose unterdrückte seine Kälte.

Um seinen Hals hängt ein weißes Bluetooth-Headset und auf seiner Schulter trägt er einen Rucksack.

Der Atem des jungen Mannes traf sein Gesicht.

Xu Yuan war für einen Moment fassungslos, als hätte sie nicht damit gerechnet, ihn hier zu treffen.

Nachdem ich darüber nachgedacht hatte, sagte ich trotzdem Hallo zu ihm.

Zhou Yubai hörte das Geräusch des Aufzugs, steckte sein Telefon weg und sah Xu Yuan schlank und schwach darin stehen.

Er warf ihr einen Blick zu und fragte beiläufig: „Aus dem Krankenhaus entlassen?"

Nachdem sie sich einige Tage lang nicht gesehen hatten, waren sie sich ein wenig fremd.

Machen Sie einen Wunsch und nicken Sie gehorsam.

Das Mädchen trug eine himmelblaue, schmal geschnittene Innenschicht, die ihren Hals weiß und schlank machte, einen langen weißen Spitzenrock und ein weißes Stirnband auf dem Kopf. Sie sah jugendlich und süß aus.

Sie scheint sich irgendwo verändert zu haben.

Es sieht so aus, als ob der Pony abgeschnitten wurde.

Es ist niedlicher geworden.

Gerade als er etwas sagen wollte, rannte Jiang Song auf einem Paar Turnschuhen in limitierter Auflage auf diese Seite zu: „Oh, der Aufzug ist da, Yu Bai, du hast mich nicht einmal angerufen. "

Die Stimme ist kokett und angenehm.

Nachdem sie gesprochen hatte, hob sie den Blick und begegnete den überraschten Augen des kleinen Mädchens im Aufzug.

Sie zog die Augenbrauen hoch und sagte: „Kleine Schwester, warum kommst du noch nicht raus? Hast du vor, dort bis zum Ende der Welt zu stehen? "

Jiang Song trug heute schwarze Kurzarmhemden, wobei die untere linke Ecke ihrer Kleidung zusammengebunden war, wodurch ihre schöne Taille sichtbar wurde. Der Minirock machte ihre Beine lang und gerade.

Heiße und sexy Figur.

Richtig schön.

Xu Yuan war für einen Moment fassungslos und ging hastig hinaus.

Sie sah Zhou Yubai an und stellte fest, dass er sie ebenfalls ansah.

Seine Augen sind sanft und tief.

Er hat ein Paar sehr klarer Augen, als könnte er die Gedanken der Menschen mit einem Blick durchschauen.

Für einen solchen Menschen ist es für Xu Wan schade, dass er kein Polizist sein sollte.

Es ist nur so, dass ich Angst habe, dass es keine Chance gibt, mit ihm zu reden.

„Du… " Er sah sie an, immer noch so sanft wie immer.

Zhou Yubai war ursprünglich ein sehr sanfter Mensch.

„Yu Bai! " Jiang Song ging auf ihn zu und sah die Zärtlichkeit in seinen Augen, die sie noch nie zuvor gesehen hatte. „Was machst du? "

Sie schrie ihn an.

Als Xu Wan diese Szene sah, fühlte er sich ein wenig verloren.

Es gibt immer noch Menschen auf dieser Welt, die ihn so behandeln können.

Vielleicht war es seine Nachsichtigkeit, die sie dazu brachte, ihn so großzügig zu mögen!

Die beiden passen perfekt zusammen.

Sie sind alle auch groß und haben ein exquisites Aussehen.

Xu wünschte nichts zu sagen, drehte sich um und ging.

Das zarte Lachen des Mädchens kam von hinten: „Yu Bai, ich flehe dich an, ich komme zu spät. "

Sie ist so lebhaft, das wünschte ich mir.

Auch sehr schön.

Wie ein Modell.

Eine Schaufensterpuppe im Fenster.

Früher hatte ich das Gefühl, dass der junge Mann allein ein wenig einsam war, aber nicht mehr.

Denn die Models im Fenster haben bereits ein Paar gebildet.

Und es war Zeit für sie, eine Passantin, die das Modell bewunderte, zu gehen.

Zhou Yubai warf einen Blick auf die schlanke weiße Gestalt und war ein wenig erschrocken.

Einsam und einsam.

Es schmerzt.

Er holte einen Lutscher aus seiner Tasche, ignorierte Jiang Songs Stimme hinter sich und jagte Xu Yuan hinterher.

„Wünsch dir was." Er unterbrach sie.

Xu wünschte nicht, dass er sie vor ihrer Freundin einholen würde, und sie war ein wenig überrascht.

Doch im nächsten Moment trat sie einen Schritt zurück: „Senior, was ist los?"

Seine Augen waren schlicht und etwas ausweichend.

Ich weiß nicht, wann die Fremdheit zwischen den beiden begann. Selbst an diesem Morgen versteckte sie sich immer noch in seinen Armen und weinte erbärmlich.

Zhou Yubai war ein wenig ratlos. Er streckte seine Handfläche aus und enthüllte darin einen Lutscher mit Erdbeergeschmack.

Sie wollte den Kopf schütteln, warf einen Blick auf Jiang Song, der hinter ihr aufholte, und sagte ruhig: „Senior, sie ist hier. Ich lasse Yinyin Ihnen an einem anderen Tag mein Telefon und mein Lesegerät bringen. Halten wir Abstand!"

Nachdem sie das gesagt hatte, schloss sie die Leinentasche fester in ihrer Hand und drehte sich zum Gehen um.

Er sah den Jungen nicht einmal an.

Tatsächlich hatte sie gewusst, dass ein solcher Tag kommen würde.

Mit anderen Worten: Sie war bereit.

Deshalb habe ich mich gezwungen, nicht in diese sanften Träume zu verfallen, die er gesponnen hat.

Der junge Mann hinter ihm blickte mit verwirrten Augen auf ihre weggehende Gestalt.

Warum ist ihre Einstellung so kalt?

Er erinnerte sich, dass sie sich am frühen Morgen wie ein hilfloses Kind in seine Arme geworfen hatte.

Er schaute auf ihr Gesicht, das gerötet und tränenüberströmt war und hemmungslos weinte.

Aber im Handumdrehen schien der Regen diese Tage zunichte zu machen.

Auch Jiang Song warf einen Blick auf die Gestalt, die sich etwas wünschte, und plötzlich verspürte er ein Gefühl der Krise in seinem Herzen.

Sie hatte Zhou Yubai noch nie so sanft gesehen.

Er hielt das Telefon mit beiden Händen fest, so fest, als wollte er es zerdrücken.

Printed in Great Britain
by Amazon